講談社文庫

ぼくの短歌ノート

穂村 弘

講談社

ぼくの短歌ノート　目次

はじめに

穂村　弘

この本は現在も「群像」誌上に連載中の「現代短歌ノート」をまとめたものです。単行本化に当たってタイトルを『ぼくの短歌ノート』に改めました。実際には本文の一人称に「ぼく」は使ってないんですけど。

「身も蓋もない歌」とか「ハイテンションな歌」とか「賞味期限の歌」とか「繰り返しの歌」とか、近現代の名作から中学生の投稿歌までテーマごとに気になる短歌を集めて、あれこれ考えてみました。

ハブられたイケてるやつがワンランク下の僕らと弁当食べる　うえたに

「身も蓋もない歌」より

脱がしかた不明な服を着るなってよく言われるよ　私はパズル　古賀たかえ

「するときは球体関節」より

いま死んでもいいと思える夜ありて異常に白き終電に乗る　錦見映理子

「ハイテンションな歌」より

ゆるキャラのコバトンくんに戦《おのの》ける父よ　叩くな　中は人だぞ　藤島秀憲

「高齢者を詠った歌」より

例えば、こんな歌です。

何かこう、感想を云いたくなりますよね。


連載中に、慶應丸の内シティキャンパス『agora』（アゴラ）における短歌ワークショップを担当しました。

全六回分の講義を録音して再構成した本が『はじめての短歌』（河出文庫）です。

その中に「現代短歌ノート」に引いた例歌を挙げて話した部分があります。

そのため一部内容の重複がありますが、元々の文章はこちらなので、そのまま収録させていただきました。

連載の企画から一緒に考えてくださった初代担当の須藤寿恵さん、二代目担当の長谷川淳さん、三代目担当の原田博志さん、そして書籍化担当の見田葉子さん、ありがとうございました。また、友人で歌人の飯田有子さんには多数の例歌をご教示いただきました。どうもありがとう。

ぼくの短歌ノート

コップとパックの歌

よくわからないけど二十回くらい使った紙コップをみたことがある

飯田有子

一読して、不思議な気持ちになった。「二十回くらい使った紙コップ」とは、なんてしょぼい。どうしてそんなモノをわざわざ短歌にするんだろう。そう思いつつ、しかし、心のどこかに妙に触れてくるものがある。

作者の考えとか、作中主体である〈私〉の喜怒哀楽とか、だからなんだとかいうことが、ここには一切書かれていない。唯一の思いと云えそうなのは「よくわからないけど」ってところだ。

何故「よくわからない」のか。たぶん「二十回くらい使った紙コップ」という存在自体が、作中の〈私〉にとって想定外だったのだろう。

これが「使い込まれた器」なら話はわかる。或いは「使い捨てられた紙コップ」でも。しかし、「二十回くらい使った紙コップ」は、そのどちらとも違っている。繰り返し使われた紙コップ、という矛盾した存在感が奇妙なオーラを生み出しているようだ。

とは云っても、現実的にそういう状況はあり得るだろうし、それを生理的な感覚に従って「汚い」とか「貧乏臭い」とか云って無視してしまうこともできたにちがいない。だが、作者はそうしなかった。

わざわざ短歌にした。しかも、結びは「みた」ではなく「みたことがある」である。これによって、一首は単なる報告以上のニュアンスを伴うことになる。或る日或るところでみかけたそいつのことを、作者はわざわざ思い出しているのだ。ここには或る種の感情移入があるんじゃないか。

でも、ぼろぼろの紙コップに対して、一体どんな思いを寄せるというのか。ここからは私の想像になるが、例えば、我々が年をとっておじいさんやおばあさんになったとき、この「二十回くらい使った紙コップ」的な存在になるんじゃないか、という考えはどうだろう。

昔の老人はそうじゃなかった。経験とそこから得た知恵の裏づけが彼らに「使い込まれた器」の存在感を与えていた。しかし、我々はそうはなれないだろう、という予感がある。経験や知恵は蓄積されないまま、単に年をとってぼろぼろになるだけの可能性が高い。尊敬される老人にはなれそうもない。

これは心がけや努力の差ではない、と思う。昔は「紙コップ」なんてモノ自体が存在しなかった。だから、自然に「使い込まれた器」になれたのだ。だが、我々は「紙コップ」を開発した。使い込むよりも使い捨てを、修理よりも買い換えを優先する社会システムを採用した。生活のなかで周囲のモノを次々に使い捨て買い換えておいて、自分だけは使い込まれていい味が出たモノになれると思うのは虫が良すぎるだろう。

ぼろぼろの紙コップ的老人になった自分が、未来の若者たちから「よくわからないけど」と遠巻きにされるところを想像してしまう。そんな直観が、私をこの歌に立ち止まらせたのだ。


牛乳のパックの口を開けたもう死んでもいいというくらい完璧に　中澤系

このような歌の背後には、使い捨ての効率重視的な社会システムに同化した〈私〉が張り付いている。

保存、衛生、輸送、リサイクルなどさまざまな観点から試行錯誤を重ねた結果、「牛乳のパック」は現在のかたちに進化してきたのだろう。それでもあの「口」は決して開けやすいとは云えない。だから、それを「完璧」に開けることには達成感がある。

勿論、そうは云っても、「牛乳のパックの口」を「完璧」に開けたくらいでいちいち「もう死んでもいい」なんて思っていたら身がもたない。

だが、〈私〉は知っているのだ。この先何十年も「牛乳のパックの口」を「完璧」に開け続けたとしても、そこに未来は存在しないことを。そのスキルがおばあちゃんの知恵的な価値を生じることは決してないだろう。或る日、口開けシステムがより便利なスタイルに変更されれば、全く無意味な技になってしまうのだ。

システムに従い続けてぼろぼろの「紙コップ」になることになんとか抗う手はないのだろうか。こんな歌をみたことがある。

あのこ紙パックジュースをストローの穴からストローなしで飲み干す
盛田志保子

「紙パックジュース」を飲むとき、我々はパック側面に斜めに張り付いたストローをむしりとって、シャキーンと伸ばして、プスッと刺して、ちゅーちゅー吸う必要がある。ジュースの残量が少なくなると必死にパックを傾けて、なんとかストローを届かせようと苦心する。ずずずー。それでも底に少し残ってしまって気持ち悪い。

「牛乳のパック」同様に「紙パックジュース」もまた進化のほぼ最終形態にある筈なのに、どうしてそんなことになっているのだろう。

そんなとき、「あのこ」と出会った。「ストローの穴からストローなしで飲み干す」野蛮さを〈私〉は眩しくみつめている。

賞味期限の歌

近代短歌には存在せず、現代の、それも近年の作品において急に目に付くようになった言葉に「賞味期限」がある。

「賞味期限」そんな期限があったかな戦中戦後聞かざる言葉　天野茂子

昔の作例がないのは当然で、そもそもそういう概念がなかったのだ。腐ってないか、口にして大丈夫かどうかはあくまでも食べる側の主体的な判断で、先方から告知されるものではなかった。「賞味期限」とは、その出現に立ち会った世代にとっては引っ掛かる「言葉」らしい。

そこから転じて、こんな歌も現れる。

賞味期限切れは任せろ俺達は何でも食って生きて来たんだ　新垣一雄

「賞味期限切れ」を食べる歌はたまに見かけるが、「任せろ」とまで云われると、思わず笑ってしまう。「何でも食って生きて来たんだ」と豪語する「俺達」とは、どの世代だろう。「賞味期限」発生以前の戦前生まれ、それも昭和一桁あたりだろうか。「俺達」の連帯感とともに、このように詠うことは戦後生まれには不可能だ。

賞味期限とうに過ぎたるアブラゲを食つてしまへりやぶれかぶれに　小池　光

こちらは実際に「賞味期限」切れを食べた歌。「やぶれかぶれ」のスケール感の小ささが味わいになっている。音の面からは「アブラゲ」と「やぶれかぶれ」が響き合っている。「賞味期限」が切れて油揚げが「アブラゲ」に変わってしまったのか。そのキッチュ感が重要なのだ。

缶詰の消費期限の日の空は晴れか曇りか日本はあるか　藤原建一

批評的な苦さを含んだユーモア。しかし、東日本大震災以降、「缶詰」の備蓄を意識するようになった身からすると、結句の「日本はあるか」に誇張とも云いきれないリアリティを感じてしまう。盛岡在住の作者であればさらに、と想像される。

四百円の焼鮭弁当この賞味期限の内に死ぬんだ父は　　藤島秀憲

作者の歌集『すずめ』には、高齢の父親との生活が詠われている。長い長い介護の果てに、父と息子の生活に最後の時がやってくる。「四百円の焼鮭弁当」の「賞味期限」によって、実感の持てないその時がくっきりと意識に浮上する。なんとも痛切な歌だ。微かに漂うユーモアが、裡《うち》なる悲しみを一層強く感じさせる。

賞味期限と命を比べる歌をもう一首。

わが残生それはさておきスーパーに賞味期限をたしかめをりぬ　　潮田　清

「賞味期限」と違って、自分の「残生」は体のどこにも書かれていない。漠然とした予想はあっても、当たるとは限らない。日常生活の中では、誰もがしばらくは生きるという前提で「スーパー」の食品を選ぶのだ。

10分後賞味期限が切れる肉冷凍庫に入れて髪乾かす　田中有芽子

妙にはらはらするのは何故だろう。「髪」なんか乾かしてる場合じゃないぞ、という気持ちにさせられる。「10分後」という時間設定の厳密さによって「賞味期限が切れる肉」が時限爆弾か何かのように感覚される。「冷凍庫に入れて」も時を止めることはできない。「髪」を乾かしている〈私〉自身も、遥かな何分後かには確実に「賞味期限が切れる肉」であり、命の時限爆弾なのだ。

宗教の賞味期限を説く人の背後に見えて鳥は鳴きおり　大島史洋

「賞味期限」という言葉が生まれて以来、それは食品以外のさまざまなものにも転用されるようになった。作中の「宗教の賞味期限」とはユニークな表現。ごく短いものがある一方で、驚くほど長いものもある。また仮に、これが個別の「宗教」ではなく、その全体を指すのだとしたら、「賞味期限」は気が遠くなるほど長いんじゃないか。人類の方が先に滅びそうだ。「鳥」には宗教はないのに。ちなみに作者は、引用歌を含むその名も「賞味期限」という連作で第四十二回の短歌研究賞を受賞している。

高齢者を詠った歌

老いた父母を介護する歌など、高齢者を詠った作品が増えてきた。社会全体の高齢化を背景とした現象なのだろう。以前に比べて、男性作者によるものも目に付くようになり、介護詠は既に一つのジャンルになっている。

昼なのになぜ暗いかと電話あり深夜の街をさまよふ母より　栗木京子

「昼なのになぜ暗いか」という不思議な問い。その答が下句で明かされる。暗いのは今が「昼」ではなくて「夜」だから。生身の会話ではなくて「電話」であることが、また不安を増幅する。「昼」と「夜」の区別のつかない状態で、「母」は「深夜の街」を一人さまよっているのだ。〈私〉の感情は記されていないが想像できる。「深夜の街」はまた、「母」の精神を暗示しているようだ。二度と明けることのない「夜」の深さを想起させられる。

ゆるキャラのコバトンくんに戦《おのの》ける父よ　叩くな中は人だぞ

藤島秀憲

「コバトンくん」を調べたところ、「埼玉の県鳥シラコバトをモチーフにしたマスコットキャラクター」とのこと。作中の「コバトンくん」は着ぐるみなのだろう。その異形に戦いた「父」が「コバトンくん」に思わず攻撃を加えようとする。結句の「中は人だぞ」に思わず笑ってしまった。と同時に、たまらなく淋しく、悲しい気持ちに包まれる。笑ったのも、淋しいのも、悲しいのも全て本当。かつて短歌を読んでそんな気持ちになったことはない。反射的に口を衝いて出た「中は人だぞ」とは、「父」の存在を照らし出す言葉のようでもある。

父のなかの小さき父が一人づつ行方不明になる深い秋

小島ゆかり

さり気ない文体だが、よく読むとひどく切ないことが詠われている。「父」の体は今もここにある。しかし、「父」を「父」にしていた何かが、そこから少しずつ失われてゆく。「父のなかの小さき父が一人づつ行方不明になる」とは、そういうニュアンスなのだろう。「深い秋」は実際の季節であると同時に、「父」の現在を表しているのかもしれない。それは冬に向かってひたすら深まってゆくばかりの時なのだ。

試食用のさくらんぼ食む老人を嫁らしき人連れて帰りぬ　米沢義堂

こちらは肉親ではなく、通りすがりの「老人」の姿が詠われている。背景はデパートかスーパーの食品売り場だろうか。「連れて帰りぬ」という表現から「老人」の危うい様子が窺える。「試食用のさくらんぼ」のユーモラスさが、逆に悲しく感じられる。同じことをしたのが子供だったら、微笑ましい光景ということになるのに。

頤《おとがひ》をささへて母の歯を磨き舌の黒子をはじめて見たり　安西洋子

やはり介護の歌だろう。一切の感情を排して「はじめて見たり」とのみ記される「舌の黒子《ほくろ》」に、張り詰めた衝撃が宿った。「頤をささへて母の歯を磨」

くような行為は、かつての「母」と〈私〉の関係からは大きく逸脱した未知の領域にある。「はじめて見たり」という表現は、そのような関係性の変容に重なって響く。「舌の黒子」が運命を暗示しているようだ。
　同じ作者にこんな歌もある。

スカートをはいて鰻を食べたいと施設の廊下に夢が貼られる　　安西洋子

「スカートをはいて鰻を食べたい」が高齢者の言葉とは限らないが、その可能性が高そうだ。「施設の廊下」に貼られているのは七夕の短冊や絵馬に類する何かだろうか。そこには女性としてのぎりぎりの「夢」が描かれている。「スカート」と「鰻」という組み合わせの生々しさが痛切に胸をうつ。
　もしもこれが次のような歌だったら、どうだろう。

お洒落してレストランに行きたいと施設の廊下に夢が貼られる　〈改悪例〉

全く平凡になってしまう。

ゼムクリップの歌

世の中には沢山のモノが存在する。でも、それらが短歌に詠われる頻度には大きな偏りがある。遠足のおにぎりの歌はあるけど、鮨屋で食べる鮨の歌はほとんどない。それなのに、コンビニやスーパーに並んでいる鮨の歌はやけに多い。銀座の鮨屋の感想なんておいしかったか高かったかしか書きようがないのに対して、真夜中のコンビニの売れ残りの鮨とかスーパーのタイムセールの鮨は身近で詩的にも扱いやすいんだろう。そもそも銀座で鮨を食べた歌は共感されにくい。一人称の詩型である短歌は金持ちで恵まれた〈私〉像と極端に相性が悪いのだ。

文房具のジャンルでいうと、近年よく目にするのはゼムクリップの歌だ。ちよっと大きいダブルクリップなどよりも詠いやすいのはわかる気がする。小さい、くっつきやすい、どこかに消えやすい、誰のものでもなさそう、などの特徴が短歌向きなのだ。

帰り来てしづくのごとく光りゐしゼムクリップを畳に拾ふ　　大西民子

誰にも見られていない時のささやかな行為が、ただ一人の〈私〉を照らし出す。「畳」と「ゼムクリップ」という組み合わせのギャップがポイントだ。現代の目で見ると普通に思えてしまうが、作者が大正生まれの女性であることを考えると、このギャップは広がってくる。家の中に一滴の会社が零れているような感覚か。これが例えば「待ち針」だと家の中に家のモノで、自然になってしまう。

水気なきはずの抽斗その中のゼムクリップが錆びていたりき　　岡本幸緒

もちろん科学的にはちゃんと理由があって説明がつくのだろう。でも、〈私〉は衝撃を受けたのだ。おそらくは、透明な時の流れが「ゼムクリップ」の「錆」に宿って可視化されていることに。銀行の貸金庫に入れておいても、美術館に収蔵されていても、いつかは必ず「錆」びる運命だ。

パステルカラーのゼムクリップでぼくたちをファイルしてしまえればいいのに　正岡　豊

自らをモノ化することの快楽めいたものが感じられる。「パステルカラー」にその気分が表れているようだ。一九八〇年代の歌だが、それから三十年経って、本当に「ファイル」されてしまったような気もする。

事務員の愛のすべてが零れだすゼムクリップを拾おうとして　雪舟えま

もともとその「事務員」の中は「愛」でいっぱいだったのだ。それを抑えて働いていたのだが、「ゼムクリップ」を拾おうとした弾みに零れ出した。透明な熱い「愛」は、たちまちオフィスを充たし、廊下に溢れ、ビルを飲み込み、世界を変えてしまったのかもしれない。一首の背景には、経済に奉仕するための効率や機能を重視する社会と、個人の「愛」の関係がある。同じ作者の「飛んでゆきたいところがあるにちがいないひとが手わたす冷たきおつり」なども似た構造をもっている。

夏の朝かばんの底に二つ三つゼムクリップの散りて光れり　鯨井可菜子

暗い「かばんの底」に眠っていた「ゼムクリップ」が「夏の朝」の日に照らされて一瞬光ったのか。そんなことは誰も知らない。〈私〉しか知らない世界の細部を言葉にすることで、リアリティというドミノ倒しの一駒が倒れ始める。

海視てもきみを想わず一握のゼムクリップにきみを想えり　大滝和子

作者の念頭には「頬《ほ》につたふ／なみだのごはず／一握の砂を示しし人を忘れず」（石川啄木）があったのだろう。それにしても「海」と「ゼムクリップ」とは、なんとも奇妙な組み合わせだ。現代人の生活にとっては「海」よりも「ゼムクリップ」のあるオフィスの方が近しいことは確かだろう。「海」は人類の故郷。だが、その景色を見ても〈私〉は「きみ」を思わないという。一方、「ゼムクリップ」は人間が生み出したツール。ならば人類は「ゼムクリップ」の故郷ということになる。もしかしたら「きみ」は「ゼムクリップ」の製造工場に勤めているのかもしれない。

眠るまで髪撫でてるとねむくなる（ゼムクリップはさいごにどこへ？）

穂村　弘

「ゼムクリップ」に所有者はいるのだろうか。他の文房具とは違って、世の中にいったん流れ出したそれは、ほとんど天下の回りモノだろう。「ゼムクリップ」たちの運命は流れ流れて最後にどこに行き着くのか。繋がった「ゼムクリップ」のように二人は眠りに墜ちてゆく。

花的身体感覚

年下も外国人も知らないでこのまま朽ちてゆくのか、からだ

岡崎裕美子

作中の〈私〉は年上の日本人としかセックスをしたことがないのだろう。恋愛という心と体の共同作業の結果として、おそらくは自然にそうなっているのだ。しかし、或る日、心を切り離した「からだ」という観点から自らの過去と未来を思ったとき、不意に焦燥感が浮上してきた。「このまま朽ちてゆくのか」と。

ほろびる、としずかに声に出してみるボディソープを泡立てながら

冨樫由美子

若さの絶頂にあるからこそ、「ほろびる」と声に出してみたのだろう。今はとても信じられない、けれど必ず当たる怖ろしい予言。その中に、逆説的なナルシシズムが感じられる。

これらはいずれも二十一世紀における若い女性の歌である。「このまま朽ちてゆくのか」「ほろびる」という言語化は大胆だが、その根本にあるのは昔ながらの「命短し恋せよ乙女」的な体感に他ならない。

そのような感覚に基づいて詠われる女性像には、一つのパターンが存在する。

乳ぶさおさへ神秘《しんぴ》のとばりそとけりぬここなる花の紅《くれなゐ》ぞ濃き　与謝野晶子

夕闇の桜花の記憶と重なりてはじめて聴きし日の君が血のおと　河野裕子

全存在として抱かれいたるあかときのわれを天上の花と思わむ　道浦母都子

一度にわれを咲かせるようにくちづけるベンチに厚き本を落として
梅内美華子

明治から平成まで作品が作られた年代には大きな隔たりがあるのだが、これらの歌には一つの共通点がある。性愛的なポテンシャルを秘めた女性の身体感覚が、いずれも「花」とオーバーラップして詠われているのだ。「花」の美しさ、咲くことの陶酔感、その背後には植物の生殖器官という本質がある。時間を超えた「われ」の実感として、「花」である女が一世紀以上も詠い続けられてきたことになる。

このバリエーションとして、次のようなパターンもある。

ゆふべぬるき水に唇まで浸りゐて性欲とは夏の黄の花のやうなもの
河野裕子

性欲のこととつとつと語りをれば水仙はひかりを吸ひてみひらく
米川千嘉子

「性欲」と「花」の組み合わせである。「性欲」を動物に結びつけることに対する抵抗感はわかるような気がする。
だが、一九八〇年代辺りから、「花」的なナルシシズムを擲《なげう》つような方向への試行が見られるようになった。

生理中のFUCKは熱し
血の海をふたりつくづく眺めてしまう
林あまり

性交も飽きてしまった地球都市
したたるばかり朝日がのぼる
同

体などくれてやるから君の持つ愛と名の付く全てをよこせ
岡崎裕美子

ただ、「生理中のFUCK」「性交」「体」など大したことじゃない、という口調こそが、依然としてそれらに或る重みがあることを逆に証している、とも云えそうだ。この地点から現在に至る、花からモノへとでも云うべき女性の身体感覚の変化については、次項で触れてみたい。

するときは球体関節

罪おほき男こらせと肌きよく黒髪ながくつくられし我れ　与謝野晶子

「肌きよく黒髪ながくつくられし我れ」とは、造物主にそのようにつくられた存在という意味だろう。自らをつくられたモノとみなしつつ、しかし、引用歌には受け身の感覚はない。むしろその逆に、ナルシシズムと「罪おほき男」に対する能動性を読み取ることができる。愛の現場において、自らの「肌」や「黒髪」が強力な武器になることを確信しているのだろう。以下の歌にも、同様の意識が認められる。

やは肌のあつき血汐にふれも見でさびしからずや道を説く君　与謝野晶子

その子二十櫛《はたち》にながるる黒髪のおごりの春のうつくしきかな　同

春みじかし何に不滅《ふめつ》の命ぞとちからある乳を手にさぐらせぬ　同

与謝野晶子以降の短歌史において、限りある命と自らの身体感覚を情熱的に結びつけた女性のナルシスティックな性愛歌は、一種の定番になっている。だが、近年の若い女性の歌には、その身体感覚において異なるタイプの作品がみられるようになってきた。

したあとの朝日はだるい　自転車に撤去予告の赤紙は揺れ　岡崎裕美子

「したあとの朝日はだるい」という表現にインパクトがある。明示されていない行為はセックスだろう。伏せられることで、読者は一層それを強く意識する。だが、さらに注目したいのは「自転車に撤去予告の赤紙は揺れ」だ。状況としては、恋人の家を出て早朝の駅に向かって一人で歩いているところだろうか。寝不足の目に揺れる「赤紙」が沁みる。ポイントは作中の〈私〉が自らと

「自転車」を重ねているところだ。性交後の体を「撤去予告」を受けた「自転車」のようなものと感じている。二人の関係に未来はない。だからこそ、一層「だるい」。愛の不全感がそこまで即物的に捉えられていることに驚きを覚える。

するときは球体関節、のわけもなく骨軋みたる今朝の通学　野口あや子

やはり、一首の冒頭にある筈の「セックスを」が伏せられている。先の引用歌で〈私〉の体が「自転車」と重ねられていたように、ここでは「球体関節（をもつ人形）」がイメージされている。生身の〈私〉は自在な「球体関節」を備えていないにも拘わらず、そのとき人形のように四肢を折り曲げられたのだ。

もちあげたりもどされたりするふとももがみえる
せんぷうき
強でまわってる

今橋　愛

　一瞬、どのような状況が詠われているのか、わからない。だが、「もちあげたりもどされたりするふとももがみえる」とは、やはりセックスの情景に他ならないだろう。〈私〉の目が〈私〉の「ふともも」の動きを、どこか他人事のように観察している。と同時に、皮膚感覚は捉えているのだ。傍らの「せんぷうき」が「強でまわってる」ことを。ここでは男の手によって勝手に「もちあげたりもどされたりするふともも」が、機械的に首を振る「せんぷうき」と感覚的にオーバーラップしている。

　これらの三首においては、「自転車」や「球体関節（をもつ人形）」や「せんぷうき」などのモノたちと、人間の女である自らの性的な身体意識がシンクロしていることがわかる。

　一世紀前の与謝野晶子の時代に比して、現代では自身の命や身体を天からの授かりモノとみなすような感覚は稀薄になっている筈だ。にも拘わらず、ひとりの人間として主体的に生きられると信じて、そのように生きた結果、彼女たちの性的な身体感覚はモノ化したことになる。

その理由ははっきりとはわからない。ただ、男は自らの体をこのように詠わないし、詠ってもニュアンスが変わって、詩的な衝撃は発生し難いことが予想される。そこに痛みの感覚がないからだ。女性の身体感覚のモノ化とは、一方に現代の主体的な生の可能性があり、その一方で依然として男女の性的非対称性があるという、引き裂かれた現状と関わりがあるのではないか。

かつて女性の性愛の歌は情熱と不可分だった。社会的な背景の是非とは別に、引用歌にみられる反情熱的な痛みの感覚は短歌の表現としては新鮮にみえる。

自らの体をモノと同一視しながら、しかし、そこからもう一度能動的なナルシシズムを呼び戻した作品もある。

脱がしかた不明な服を着るなってよく言われるよ　私はパズル

古賀たかえ

唐突な「私はパズル」が不思議に誇り高く響く。先の引用三首には、モノ的自己意識の背後に強度の違いはあっても異性からの抑圧的なエネルギーが感じられた。この歌にもそれが明らかなのだが、作中の〈私〉の反応が異なっている。

「脱がしかた不明な服を着るな」という男たちの自己都合に基づく発言に対して、でも、私はこういう服が好きだから、とか、可愛い服が着たいから、といった返し方をしていないところが興味深い。男女の非対称な性的コミュニケーションにおいて、そのようなまともさは通用しないことが直観されているのだろう。その代わりに提示された「私はパズル」とは、自らを敢えてモノ化することで主体性を確保するという離れ業であり、そこから貴男《あなた》にとって私は永遠の「パズル」＝謎＝他者である、という裏返しの自負を読み取ることができそうだ。

意味とリズム　その1

短歌という定型詩が「何故五七五七七なのか」はわからない。これはとても大きな問題で、歴史的な経緯はともかく、本質的な理由となると、少なくとも私には見当がつかない。

だが、そのかたちを前提として個々の短歌をみたとき、破調の（けれど自由律ではない）作品について、それが「何故五七五七七でないのか」はわかることが多い。

例えば、こんな歌。

草つぱらに宮殿のごときが出現しそれがなにかといへばトイレ　　小池　光

引用歌は正確な五七五七七になっていない。これを一応定型に合わせて五句に切ってみると、次のようになるだろう。

草つぱらに／宮殿のごときが／出現し／それがなにかと／いへばトイレ

音数を数えると、六九五七六。つまり、初句の「草つぱらに」と二句目の「宮殿のごときが」が字余りで、結句の「いへばトイレ」が字足らずということになる。短歌のリズムで充分読める範囲の破調だが、それでも音読してみると、結句の「いへばトイレ」の座りが悪く、そこでかっくんとつんのめるようだ。

だが、これは奇妙なことである。

「草つぱらに」↓「草はらに」
「宮殿のごときが」↓「城のごときが」
「いへばトイレ」↓「おもへばトイレ」

破調の部分を、例えばこのように置き換えてしまえば、この歌は簡単に定型に収まってしまうからだ。しかも、内容的には大きな変化はない。

少しでも短歌の定型感覚に馴染んだ者なら、このような可能性を見落とす筈がない。ということは、引用歌の字余りと字足らずは、全て意図的に為されていることになる。

原作と改作例を見比べながら、この破調がどんな効果を生みだしているのか、考えてみたい。


草つぱらに宮殿のごときが出現しそれがなにかといへばトイレ　〈原作〉

草はらに城のごときが出現しそれがなにかとおもへばトイレ　〈定型化の改作例〉

内容的には大差ないにも拘わらず、一読して原作の方に奇妙な力が宿っていることがわかる。改作例は「謎の建物＝トイレ」出現についての単なる報告にみえるが、原作にはそれ以上の何かがあるように感じるのだ。言葉のどんな働きが、この印象の違いを生み出しているのだろう。

まず初句の比較。「草はら」と「草つぱら」の違いとは何か。「草はら」の自然さに比べて「草つぱら」にはより平俗な感触がある、と思う。また促音の「っ」が旧かなで「つ」と表記されることで、その印象はさらに強まる。

次に二句目。実際に各地に点在する「城」に比べて「宮殿」の方が、よりレアで現実離れした存在に感じられる。後者の字余りによって、その度合いはさらに大きくなる。

以上の観点から、二句までの表現によって、場所（草つぱら）と建物（宮殿）の属性がそれぞれ逆方向に誇張された結果、「草はらに城のごときが」に比べて「草つぱらに宮殿のごときが」の方が、より似つかわしくない場所にあり得ない異様なシロモノが現れた、という印象を強化されていることがわかる。改めてみると、「出現し」という動詞の選択にも、そのニュアンスが込められているようだ。

ここまでを布石として、最後に字足らずの結句「いへばトイレ」が置かれる。だが、「おもへばトイレ」と「いへばトイレ」の違いとは、一体何なのだろう。内容だけをみれば、両者の間には「草はら」と「草つぱら」、「城」と「宮殿」の比較にあったようなニュアンスの違いすら感じられない。ということは、ポイントはたぶん、そこにはないのだ。

この結句においては、言葉の内容ではなく、定型からの一音分の欠落自体に何らかの効果が期待されているのではないか。具体的には、「草つぱら」に建てられた「宮殿」のような「トイレ」という豪華志向の虚しさと情けなさが、この字足らずによって強調されている、と思う。

私はこれを批評性に基づくアイロニーとして読んだ。その根本にあるのは、我々が生きている時空間に対する強い違和感だと思う。一見ユーモラスなこの歌の背後には、現在の日本の状況に対する怒りと悲しみが張り付いているのだ。

歌の方向性だけから考えれば、よりイージーな可能性としては「いへばおトイレ」のような揶揄のかたちだって……、いや、あり得ない。品がないし、その選択をするには、作者はあまりにも真っ当に本気なのだ。

結論を云えば、引用歌では「いへばトイレ」における一音の欠落こそが、その思いの全てを最終的に担っている。初句二句の字余りで一首のあたまを重くしておいて、最後にふっと一音を消す。歌のリズムは、かっくんとつんのめって、そこに抱え込んだ世界ごと倒れそうになる。最初からそれが狙いなのだろう。作者は「草つぱら」に「宮殿」のような「トイレ」を平気で建ててしまうこの国のあり方を、言葉ではなく、一音分の言葉の欠落によって強く批判している。

意味とリズム　その2

銀杏《ぎんなん》が傘にぼとぼと降つてきて夜道なり夜道なりどこまでも夜道

小池　光

陶酔感に充ちた一首。だが、五七五七七の定型を意識して読むと、冷静に陶酔感を表現しているということが浮かび上がってくる。その証拠が下句の字余りだ。「銀杏が傘にぼとぼと降つてきて」の定型遵守から一転して「夜道なり夜道なり」の四句目が十音と大きな字余りになっている。

銀杏が／傘にぼとぼと／降つてきて／夜道なり夜道なり／どこまでも夜道

だが、前項の作品同様に、こちらも、

「夜道なり夜道なり」→「夜道なりけり」

とでもすれば、あっさりとほぼ定型に収まるのではないか。

銀杏が傘にぼとぼと降ってきて夜道なり夜道なりどこまでも夜道　〈原作〉

銀杏が傘にぼとぼと降ってきて夜道なりけりどこまでも夜道　〈定型化の改作例〉

この単純な可能性が見落とされる筈がない。ということは、やはり本作の字余りも意図的なのだ。作者はここでも一首のもつ意味とリズムの連動を図っている。おそらくは、「夜道なり夜道なり」のリフレインによって、「どこまでも」続く「夜道」の長さを、詩的に永遠化するための手続きということなのだろう。

散文ならこれは単なる二度の繰り返しに過ぎないが、短歌には定型がある。ゆえに、「夜道なり夜道なり」の禁忌を犯した逸脱感が、読み手の意識のなかで木霊《こだま》となって永遠に響き続けるのだ。
短歌における意味とリズムの連動に関して、次に、字余りでも字足らずでもないケースをみてみよう。

土曜日も遊ぶ日曜日も遊ぶおとなは遊ぶと疲れるらしいね　平岡あみ

作者は高校一年生。下句の「おとなは遊ぶと疲れるらしいね」が八八で、各一音の字余り。だが、ここで問題にしたいのは、上句の「土曜日も遊ぶ日曜日も遊ぶ」の方だ。この音数を数えると、ちょうど十七音で字余りも字足らずもない。にも拘わらず、リズムと内容の特別な結びつきを読み取ることができる。それは五七五七七という句の切れを利用したものだ。

土曜日も／遊ぶ日曜／日も遊ぶ

このように定型に当てはめてみると、五七五の句切れを言葉が貫いていることがわかる。これによって、土日を遊びっぱなしという感覚が強化されるのだ。散文としてみると平凡な言葉が、その上に透明な短歌の句切れを重ねたとたん、非凡なものにみえてくる。

この一首だけでは判断しきれないが、作者の年齢や作風を考えると、意図的なレトリックというよりも天性のセンスが書かせたものかもしれない。私は「去年《こぞ》今年貫く棒の如きもの」という高浜虚子の代表句を連想した。これもまた句の切れを重ねると「去年今年／貫く棒の／如きもの」となって、「貫く棒の如きもの」が現に定型を貫いている。

同様に、字余りも字足らずもなく、句の切れを利用したタイプの作品をもう一首挙げてみよう。

わからないけれどたのしいならばいいともおもえないだあれあなたは　　俵　万智

全て平仮名書きのこの歌は子供にも読めるし、三十一の音数は遵守されている。だが、句切れは複雑だ。

わからない／けれどたのしい／ならばいい／ともおもえない／だあれあなたは

五七五七七を意識して読むとき、単純にみえた一首の印象が変化する。「けれど」「ならば」「とも」と次々に前言を受け、翻しながら、言葉の意味がドミノ倒しのように先送りになっていることがわかる。この効果を完全なものにするための総平仮名書き十三十一音遵守なのだろう。そして、読者の意識は、先へ先へと引っ張られていった最後に置かれたドミノの一片＝「あなた」に行き着く。だからこそ、結句が倒置になっている。「あなたはだあれ」では駄目なのだ。

天然的傑作

小説や現代詩とちがって短歌や俳句には、いわゆる専門歌人や専門俳人の他に厖大な数のアマチュア作者がいる。専門家の多くは新聞や雑誌やテレビなどのメディア上に投稿される彼らの作品を選んだり、批評したり、ときには添削したりする機会をもつ。当然ながら、語彙の数や文法の知識や修辞の技術において、専門歌人や専門俳人はアマチュアの投稿作家よりも「上」ということになっているし、事実そうだろう。

だが、俳句についてはわからないが、短歌の場合は、アマチュアの投稿歌のなかにあって、しかし、専門歌人にはまずつくることのできないタイプの傑作が存在する。それは、結果的に「面白い歌」「凄い歌」になってしまった、と思われる作品だ。

例えば、新聞の短歌欄に投稿されたこんな歌。

齢とれば顔は小さくなるとうに父母はそのまま同じであった

西村昇二

年齢を重ねると人間の顔は小さくなると云われているが、お父さんとお母さんの顔はそのまま同じ大きさだったなあ、という意味だろう。投稿の葉書を一読して、あまりにも面白い、と思った。過去形の文体からみて、「父母」は既に亡くなっているようだ。亡くなった両親の思い出なら色々あるだろうにによってこれか、というインパクト。

しかも、ここからは一切の喜怒哀楽を読み取ることができない。ただ事実だけが記されている。「父母」の顔の大きさが最後まで同じであったことについて、作中の〈私〉は一体どう考えているのか。わからない。しかし、その壁のようなわからなさを含むからこそ、この歌は面白い。

「亡くなった両親の思い出なら色々あるだろうにによってこれか」と思うのは、読み手としての私の先入観に過ぎない。例えば幼い日の運動会とか家族で行った旅行などの方が「それらしい」と思うのは、私の、いや、おそらくは一般社会常識的な世界像の貧しさとも云える。

同様に、人間の感情が喜怒哀楽に落とし込めるというのも単なる思い込みでしかない。どのような分類をも拒む思いとは素晴らしいものではないか。そんなときのために、ナンセンスとかシュールとかいう云い方もあるようだが、この歌にはいずれも当てはまらないと思う。一首の文体からは、そのようなメタ的な表現意識というか計らいのニュアンスが感じられない。〈私〉の思いは明らかに素のままのものにみえる。普通に心から「父母はそのまま同じであった」と云っているのだ。ナンセンスでもシュールでもない、強いて云えば天然的な傑作ということになるのだろう。

或いは、こんな歌。

銀杏を食べて鼻血が出ましたかああ出たねと智恵子さんは言う

野寺夕子

ふたりの会話から成り立っている一首だが、突っ込みどころが多すぎて混乱する。「銀杏」を食べた相手に対して云うことって、もっと他にあるんじゃないか。美味しかったですかとか、茶碗蒸しに入れたんですかとか。でも、〈私〉の問いかけは真っ直ぐに「鼻血が出ましたか」。いや、実際に鼻の穴にティッシュを詰めていたのかもしれないが。それにしても、これに対する答が

「ああ出たね」。当然のような、いばっているような、勿論出たさ的な口調はなんなんだ。

ふたりの間では「銀杏」と「鼻血」って当然のワンセットなんだろうか。そもそも「智恵子さん」って誰。作者は知ってるんだろうけど、私は全然知らないひとだ。作中の〈私〉の喜怒哀楽がわからないところ、また作者がどんな気持ちでこの歌を書いたのか、何がしたかったのか、読み取りがたいところも「父母」の「顔」の歌と似ている。その意図の不明さに世界の厚みを感じて嬉しくなる。

新聞の投稿歌から、もう一首挙げてみたい。

最期には納得できず死んで行く和牛たちよ今年は干支だ　　二宮正博

前の二首とは印象がちがう。何故なら、作者は何がしたいのか、この歌からはその気持ちを読み取ることができるのだ。たぶん「和牛たち」を慰め励ましたいのだろう。肉を美味しくするために、無理矢理モーツァルトの音楽を聞かされたりビールを飲まされたりした挙げ句に人間に食べられてしまう。そんな「和牛たち」に同情して呼びかけている。

ただ、その言葉が完全に読者の予測を超えているのだ。「今年は干支だ」。丑年ってことだろう。でも、それが「和牛たち」の慰めになるかなあ。「干支」とは彼らを食べてしまう人間が勝手に考えたもので、「和牛たち」の知ったこっちゃないのでは。しかし、〈私〉は決してふざけているわけではない。むしろ、限りなく真面目。その気持ちと内容のナチュラルなズレこそが一首の見所になっているのだ。

アマチュア歌人による凄みある投稿歌をみてきたが、実は専門歌人のなかにもこれらに負けない天然的傑作をつくった例外的な作者が存在する。それは近代短歌を代表する歌人斎藤茂吉だ。

数学のつもりになりて考へしに五目竝べに勝ちにけるかも　斎藤茂吉

「五目竝べ」の必勝法をみつけたつもりなのだろう。そうか、わかったぞ、「数学のつもりになりて」考えればいいんだ、もうこれで俺は二度と負けない、と。

人間は予感なしに病むことあり癒《なほ》れば楽しなほらねばこまる

斎藤茂吉

下句に驚く。病気が「癒れば楽しなほらねばこまる」って、あまりにもそのまんまではないか。短歌における五七五七七の貴重な七七を使ってこうくるところが怖ろしい。

円柱《ゑんちゆう》の下《した》ゆく僧侶《そうりよ》まだ若くこれより先きいろいろの事があるらむ

斎藤茂吉

あまりにもそのまんまシリーズ第二弾。「これより先きいろいろの事があるらむ」って、絶対に外れない占い師の言葉のようだ。

どの場合も、作者は完全に本気。ただ、なんというか、これらの歌はあまりにも非メタ的でありすぎて、現代の人間の目には冗談のようにみえてしまうのだ。晩年の作品だってこともあるだろうけど、この天然振りは凄い。斎藤茂吉はプロのなかのプロであるのと同時に、アマチュアの凄みを併せ持っていた。

内と外

或る日、選者をしている新聞歌壇への投稿葉書のなかにこんな歌を発見した。

ボールペン中身のインク見えるのに書けないいらだちぐるぐるをかく　吉田洋和

悪い歌ではない。中身のインクが見えるのに書けないという安い「ボールペン」の特性を捉えつつ、誰にも覚えのある経験をうまく言葉にしている。かなり迷ってから、私はこれを採用した。何故迷ったのかというと、活字にするとこの歌の面白さは半分になってしまう、と思ったからだ。

その理由は、こういうことだ。実は、その葉書の文字自体がまさにボールペンで書かれていたのである。しかも、インクの出の悪いのを無理に何度もなぞったのがありありとわかる掠れた文字で。つまり、この歌の真価は、本当に書けないボールペンで「書けないボールペン」の歌を書いてきた、という点にあったのだ。

歌の内容と現実に書かれた文字が連動する面白さ、だが、それを味わうためには、そのとき私が手にしていた葉書そのものをみる必要があるのだ。新聞歌壇のシステムでは、それは望めない。惜しいなあ、と私は思った。

歌の面白さが作品の外部との結びつきにある例を、新聞の投稿歌からもうひとつ挙げてみる。

「オレオレ」とまた電話あるは金持ちの様なわが名の所為なのだろう　　大成金吾

葉書に書かれたこの歌をまず読んで、私はちょっと怪訝な気持ちになった。それから、作者名をみて、思わず笑ってしまった。「大成金吾」……、なるほど。

でも、この名前をみなかったら、引用歌は面白くもなんともないよなあ。でもでも、「ボールペン」の歌とはちがって、紙面において作品と作者名は必ずセットで記載される。ならば大丈夫か。というわけで、この歌を採用した。だが、その後も、なんとなく気になっている。例えば、「大成金吾」とは本名だろうか。この歌のためにわざわざつくられた筆名という可能性もある。それはそれで面白いアイデアと思う一方で、素朴な感情としては、やっぱり本名であって欲しいと思ってしまう。しかも、そう思う自分をどこか後ろめたく感じるのだからややこしい。

おかしな云い方になるが、作品の価値というのは、どこにあればいいのだろう。どこまで外部に拡張されることが可能なのか。そう云えば、モダンアートなどでも、作品本体をみたときは「？」という印象だったのが、つけられたタイトルによって一気に面白さが増すようなことがある。

「大成金吾」氏の歌から連想した塚本邦雄の作品がある。ただし、それは短歌ではない。では、何かというと、本人の言葉によれば「電話番號訓み變へ」いわゆる語呂合わせだ。

閑話休題、私の家を含む東大阪市一部の電話は三年ばかり前に局番が變つた。（略）新局番は七四五、これと六二六二を組合せて、舊番號も霞むばかりの名作を捏《でつ》ち上げねばならぬ。長考十分、すなはちでき上つたのは「梨五つ浪人六人國を出る」である。頃は元祿、さる大名の姫君が天竺《てんぢく》渡りの梨の木に始めて生つた實を、日頃寵愛の文武容色いづれ劣らぬ六人の若侍に與へようとしたが、生憎その數五つ。ここに端を發してお家騷動が起る。波瀾萬丈、紆餘曲折の後六人は祿を棄てて出奔する。いとも舊めかしいロマンで恐縮ながら、「國を出る」とは、「浪人六人＝六二六二」までダイアルし終ると、お呼び下さつた私が電話口に出る、すなはち「邦雄出る」が懸けてあるのが味噌。ありの實・浪人・亡命から成る三題噺は、各人の好みでいかやうにも創作しつつ電話いただきたいものだ。

「菜葉煮ろ煮ろ」より

塚本邦雄は戦後を代表する歌人である。前衛短歌運動を通じて、現実の自分から切り離された作中主体としての〈私〉を創造したことが功績のひとつであり、自身の誇りとするところでもあった筈。「狹義の私生活を作品の世界とすることを峻拒するところに私のプロソディは成立し、そこから作品が始まる」（「星夜の辭」）とも書いている。その彼にして短歌を離れた「電話番號訓み變へ」の「邦雄出る」はそのまんま外部の現実に直結、それをむしろ得意げに語っているのが印象的だ。

おそらく、ポイントは作品の内部から外部への詩的架橋という点にあるのだろう。これをメタ的な技法の一種として考えるなら、短歌特有の私性の問題と複雑に絡みつつ、さらなる研究開発の余地がありそうだ。
次のような歌を思い出した。

http://www.hironomiya.go.jp　くちなしいろのページにゆかな　　吉川宏志

あ、http://www.jitsuzonwo.nejimagete.koiga.kokoni.hishimeku.com　　荻原裕幸

作中に含まれているのは、おそらく架空のアドレスだろう。異次元への跳躍の予感を孕んだ奇妙な文字列そのものを利用して、あくまでも一首の内部に詩的な価値を生成している。だが、もしも、本当に飛べてしまったら、その先に目眩《めくるめ》く世界があったら、どうしよう。そこはもう一首の外部なのに、いや、内部なのか。わからない。

画面のむこう側とこちら側　その1

うつくしきをとめの顔がわが顔の十数倍《じふすうばい》になりて映りぬ　斎藤茂吉

睫《まつげ》毛より涙したたる両眼を映画にて見にきその大写し　北原白秋

近代の大歌人による映画の歌である。一読して、面白いな、と思う。「十数倍」「大写し」という言葉からわかるように、作者である茂吉や白秋は映画のなかの人物の顔や眼が「大きい」ことにまず感銘を受けているのだ。サイズの拡大に伴って、「をとめ」の美しさや「涙」の悲しみまでもが増幅しているように感じられたのだろうか。

現在の我々にとっては、そのことが逆に新鮮だ。何故なら、スクリーン上の人物が現実の人間よりも「大きい」ことはあまりにも当然であって、それ自体に驚くような感覚は、我々のなかからとっくに失われているからだ。今どき、小学生でも映画の登場人物をみて、大きいなあ、とは云わないだろう。

天正十年六月二日けぶれるは信長が薔薇色のくるぶし　塚本邦雄

突風に生卵割れ、かつてかく撃ちぬかれたる兵士の眼　同

これらは映画を詠った歌というわけではない。だが、引用歌を支える言語感覚は、前掲の茂吉や白秋の作品よりも遥かに映画的だと思う。作者は「信長」や「兵士」の最期を目の当たりにしたわけではないだろう。その代わりに映像的な想像力を働かせて、臨場感のある作品世界を組み立てているのだ。具体的には「薔薇色のくるぶし」という細部のクローズアップ、また「生卵」と「眼」というイメージのオーバーラップが、それぞれのポイントになっている。おそらくは映像体験の蓄積によって、そうした感覚が既に内面化されているのだろう。その結果、これらは五七五七七の定型空間に収められた映画のワンシーンのようにもみえる。

大正生まれの塚本邦雄は映画マニアとして知られていたが、前衛短歌運動の盟友寺山修司は自身が映画監督でもあった。その作品には両ジャンルに跨るよ

うなイメージの展開をみることができる。

売りにゆく柱時計がふいに鳴る横抱きにして枯野ゆくとき　寺山修司

「紋付の紋が背中を翔《た》ちあがり蝶となりゆく姉の初七日」　同

また、その後続世代、特にテレビが普及した戦後社会に生まれ育った歌人たちは多かれ少なかれ、このような映像的な感覚を自然に身につけている。

オルガスムスに達するきみが数知れぬヴィデオ画面にゆらめける夜夜　大塚寅彦

コマーシャル挿入されてわれは消ゆ生命保険に笑む小家族　同

第三の男はぼくでありきみだ大観覧車骨組あらわ　加藤治郎

テレビジョン遠き革命を映す夜その明滅にひとときは棲む　同

引用歌にはいずれも映像世界との同一化のモチーフがみられる。だが、「ヴィデオ画面」「コマーシャル」「第三の男」「テレビジョン」のように現に映像関連語が示されるこの地点から、徐々にその明示性が薄れていくにつれて、逆に映像と現実の感覚レベルでの融合は進んでいった印象がある。

倒されて運ばるるとき天心をはじめて見たるレーニンの像　大塚寅彦

たぶんゆめのレプリカだから水滴のいっぱいついた刺草《いらくさ》を抱く　加藤治郎

「レーニン」の歌ではテレビの映像と現実の視界が重なったところから「天心をはじめて見たる」のポエジーが立ち上がっている。また「ゆめのレプリカ」では本来は視覚と聴覚の領域にあるはずの映像感覚がその枠を超えて現実の触覚と結びついているようだ。

一九九〇年代の前半位までだろうか、主に若い作者の間で、画面のむこう側の世界とこちら側の生身の〈私〉をシンクロさせることに快楽的な喜びを見出すような歌が多くつくられた。

画面のむこう側とこちら側　その2

映像的な感覚を積極的に短歌に取り入れようとする動きの一方で、画面のむこう側の世界に対する違和や反発も目立ってきた。

笑ひ声絶えざる家といふものがこの世にあるとテレビが言ひぬ

小池　光

「テレビが言ひぬ」の擬人化にアイロニカルな印象がある。テレビはさまざまなことを云って云って云いまくる。テレビは疲れを知らない。そして、画面のこちら側にいて「笑ひ声絶えざる家」をもたない我々を動揺させるのだ。

怒りつつ力めば光り気を発すアニメの肉体を信じるなゆめ

花山多佳子

こちらは子供に向かって語りかけている。おそらくは「ドラゴンボール」のような「アニメ」であろう。あまりにも幼いうちに「怒りつつ力めば光り気を発す」ような感覚にシンクロし過ぎることへの危惧。とりわけ「肉体」という言葉が印象的だ。テレビ放送の初期にも子供たちが「月光仮面」の真似をして怪我をするといった事件があったことを思い出すが、現代の子供はそこまで素朴ではないだろう。しかし、結果は予測不能ながら、このような映像体験が彼らのなかに深く入り込んで、内側から「肉体」感覚を変質させる可能性は高そうだ。けれど、画面のこちら側ではいくら力んでも何も起こらない。〈私〉にはそのズレが危ういものにみえているのだ。

子の部屋を夜に覗けば腰までもパソコン画面に呑まれてをりぬ

藤原建一

「アニメ」の後は「パソコン」が子供たちを待っている。覗いてはいけないものを覗いてしまったような気持ちになって、〈私〉は「子」に声をかけられなかったのではないか。「腰までもパソコン画面に呑まれてをりぬ」が生々しい。画面のむこう側に半分以上入り込んでいるのだ。

マウンドにコーチ・内野手駆け寄れば我も行かねばテレビの向かふに　川西　守

こちらは大人の歌。「我も行かねば」と云いながらも「テレビの向かふ」には決していけないという感覚が一首の前提となっている。だから安心して読めてユーモラスなのだ。

しかし、この境界意識が我々のなかから消えることも珍しくない。

容疑者も洗濯をしていたらしいベランダには靴下揺れる　下岡昌美

どこにもテレビの歌とは書かれていない。だが、実際に「容疑者」の近所に住んでいたとは思えないから、おそらくはニュースの映像をみて作られた歌だろう。わざわざそのように注記する必要もないほど、〈私〉の視力が自然に増幅されているのだ。目だけが画面のむこう側に飛んで、映像のなかの「靴下」と実際に目でみた「靴下」の間の区別が消えている。昔だったら千里眼だ。

そんな状況のなかで、近年の若い世代の歌のなかに意識的に画面のこちら側に留まろうとする動きがみられるようになってきた。

早朝にテレビつけると特別なことしてないと肌がどアップ　　ハレヤワタル

肌がきれいな女優さんに「秘訣は？」と尋ねると、決まり文句のように「特別なことは何もしていません」という応えが返ってくる。無論、テレビ画面のむこう側の話である。それに対して、画面のこちら側は、コマーシャルに教えられた化粧品をいくら使ってもちっとも肌がきれいにならない世界。画面のむこう側とこちら側との間にある絶対的な次元の違いが、強い違和感を伴って意識化されている。

事故車よりはづれたナンバープレートがモザイクのした蠢いてゐる　　光森裕樹

ここに至って〈私〉の眼差しは、前項の冒頭に引用した「うつくしきをとめの顔がわが顔の十数倍《じふすうばい》になりて映りぬ」（斎藤茂吉）的な次元に戻っていることに気づく。実際の「ナンバープレート」に「モザイク」はかかっていない。「モザイク」はただ画面の上だけにある。むこう側とは実はこんなにも薄っぺらい場所だったのか。にも拘わらず、そこには全てがある。この異様な境界面を、こちら側から生身の目が強くみつめている。

とりにくのような　せっけん使ってる
わたしのくらしは　えいがに　ならない
今橋　愛

「とりにくのような　せっけん」とはちびてひからびた石鹼だろうか。それこそが画面のこちら側を代表している。この表現のインパクトが、「わたし」は画面のむこう側には行けない、行かない、という思いに説得力を与えている。

日付の歌

日付の出てくる短歌について考えてみたい。

「この味がいいね」と君が言ったから七月六日はサラダ記念日

俵　万智

『短歌をよむ』（俵万智、岩波新書）のなかに、この歌の成立過程についての解説がある。それによると、実際の体験としては「サラダ」ではなくて「カレー味のからあげ」だったとのこと。初案は「カレー味のからあげ君がおいしいと言った記念日六月七日」らしい。

なるほど、と思いつつ、私が興味深く感じたのは、「カレー味のからあげ」→「サラダ」の推敲よりも、むしろそれに伴って為されたであろう「六月七日」→「七月六日」という変更の方だ。

なぜこの日付を選び、サラダにしたのかというと、理由はそれぞれたくさんあるのだが、一つにはS音の響きということを考えたから、である。自分で言うのもなんだが、「シチガツ」と「サラダ」のS音が、下の句で響きあって、爽やかな感じが出ているのではないかと思う。

『短歌をよむ』より

それから、季節としては初夏の感じがいいな、と思った。さわやかで、野菜のおいしいときでもある。大げさなメインディッシュでない点でも「サラダ」は気に入った。また、日付としては特別な日でないことが大切だ。七月七日では、恋の歌に付きすぎだろう。

同書より

よくわかる説明だ。「S音」で「サラダ」と響き合う「七月」を選びながら、けれど「七日」は避けた理由。日常のなかのなんでもない一日が記念日になる、という点にこそ一首の眼目があるのだから。そして、同じように一日ずらすにしても、「七月七日」を通り過ぎてしまった「七月八日」よりも、その直前の「七月六日」の方が望ましいのだろう。

では、例えばこれが一ヵ月後の「八月六日」ではどうか。勿論、日本人にとってはあり得ない選択だ。冒瀆性を逆手に取った思想を敢えて主張する場合はその限りではないけれど、これはそのような歌ではないだろう。

さらに一ヵ月後の「九月六日」ではどうか。「S音」の響きはないし、季節としての爽やかさも乏しい。ただ、ひとつだけアドバンテージがある。それは「クガツムイカ」は「シチガツムイカ」よりも一音少ないということ。つまり、これを選択すれば「七月六日は」という原作四句めの字余りは解消される。

ところが、これも微妙な問題ではあるが、「七月六日は」の字余りにも奇妙な効果が隠されているのだ。それは「字余りになるにも拘わらず、敢えてこう詠まれているからには本当にこうだったにちがいない」という読者側の錯覚を誘うこと。無論、これは定型が生み出す一種の倒錯であり、先の自歌自注をみてしまえば、そのような事実はないことがわかるのだが、しかし、なんでもない一日が記念日になる、という基本コンセプトに対する、この倒錯的リアリティの有効性は残ると思う。

日付の他にも、特に地名や人名などの固有名詞に関して、この錯覚を意識的或いは無意識に利用したケースは多くみられる。「団子坂」にすればちょうど定型に収まるのに、字余りにしてまで「道玄坂」と詠まれているのは、本当に「道玄坂」だったからにちがいない、とか。

一見デジタルな日付が歌の中に導入されることの意味を考えながら、短歌をみていくのは面白い。

一千九百八十四年十二月二十四日のよゐのゆきかな　紀野　恵

日付の出てくる歌、というよりも殆ど日付そのものの歌。意味としてはただ「ホワイトクリスマス」。いつかは必ず消えてしまう、けれど、今このときは幻のように確かにここにある命の喜びが、聖夜の「ゆき」の姿と重ね合わせられるように、五七五七七の韻律のなかで息づいている。

元旦に母が犯されたる証し義姉は十月十日の生れ　浜田康敬

この歌が収められた第一歌集『望郷篇』は昭和四十九年に刊行された。解説のなかで塚本邦雄は次のように書いている。

グロテスクな明暗を持ちながら、過たず哄笑を呼ぶ一首はむしろ清清しい。事実も創作も問ふところではない。「犯されたる」と断定する作者の悪意は、その完全な有毒性によつて卻つて歌自体を蘇らせ奔らせる。（略）完全に抹殺されたかに見える「父」の存在こそ、作者がもつとも悪意を籠めて告発したかつた元兇であり、同時に主題に他ならぬ。「義姉」は二重の意味で呪はれてをり、母は救ひがない。歌は終つても悪因悪果は続く。その葛藤と作者とは恐らく血に繋がつてゐるだらう。

『望郷篇』解説より

確かに、突き抜けた印象のある一首である。初読時の衝撃を思い出す。ただ、改めて現在の目で読み直すと、歌自体は変わっていないのに、日付の効果に関しては以前よりもそれが弱まっているように感じられる。

その理由は、時代の変化に伴って「元旦」の聖性そのものが希薄化したためだろう。凧揚げも独楽《こま》回しも羽根突きもみかけない。お店も普通に開いている。「愛犬ウリセスの不始末を元旦の新聞で始末してしまつた」（塚本邦雄）などの場合も同様で、「元旦の新聞」の特別さが共有されていないと、毒が毒として機能しなくなる。だが、現在では「元旦」も「新聞」も急速にその聖性を失いつつある。日付の歌の読みを通して、アイロニーが成立し難い現況について考えさせられた。

素直な歌

新聞の歌壇には、一般の投稿者から、あまりにも素直すぎて心をうたれる作品が送られてくることがある。

二人してかたくつないで歩く手も離さねばならぬ別れる時は

中村清女

内容だけをみれば、子供でも知っていることだ。しかし、このように言葉にされると奇妙に胸に迫るものがある。ちなみに作者は八十代の女性。同様のことをいわゆるプロの歌人が詠おうとすると、「別れる時」が最初から死のメタファーとしてのニュアンスを帯びてしまいそうだ。だが、引用歌では、まず「手」に心を向けた日常のさみしさを詠いつつ、そこから無意識の死が滲み出ているところに魅力がある。

手をつなぐ歌をもう一首。

二人づつ手をつなぎ行く園児たち秋の入り口散歩はよろし　島　賢三

〈私〉の眼差しは「二人づつ手をつなぎ行く園児たち」を捉えている。時は「秋の入り口」。結句にふっと置かれた「散歩はよろし」に、なんともいえない味わいが宿っている。透明な思い、とでも云えばいいだろうか。人間はこんな「よろし」を発することができるのだ。こちらは九十代の男性の歌である。〈私〉がいなくなったあとの世界を「園児たち」は生きてゆくだろう。だが、今このとき、〈私〉たちは共に「秋の入り口」をくぐっているのだ。

読者としての私がこれらの作者の年齢を意識していることに気づく。だが、ここには歌というものが忘れてはならないエッセンスが確かにあると思うのだ。

一方、専門歌人のなかにも、あまりにも素直であることが作家性と結びついている作者がいる。

次々に走り過ぎ行く自動車の運転する人みな前を向く　奥村晃作

撮影の少女は胸をきつく締め布《ぬの》から乳の一部はみ出る　同

不思議なり千の音符のただ一つ弾きちがへてもへんな音がす　同

「東京の積雪二十センチ」といふけれど東京のどこが二十センチか　同

転倒の瞬間ダメかと思ったが打つべき箇所を打って立ち上がる　同

運転手一人の判断でバスはいま追越車線に入りて行くなり　同

いずれも意表をつかれる。過剰な素直さとでも云うべきだろうか。ここには普通の大人が当然身につけている筈の常識という意識のフレームがないと思う。そこから「王様は裸だ」的な歌が次々に繰り出されているのだ。作者の奥村晃作は昭和十一年生まれである。
さらに現代の若い歌人の作品に目を向けてみる。

たくさんのおんなのひとがいるなかで
わたしをみつけてくれてありがとう　　今橋　愛

月を見つけて月いいよねと君が言う　ぼくはこっちだからじゃあま
たね　　永井　祐

なにやら底が抜けたような素直さにみえる。これらの歌から読み取れるメンタリティは「昔の若者」とはかなりちがっていると思う。引用歌の素直さからは、世界の風圧を避けて生き延びるために言葉の枝葉を払ってしまったような苦さを感じるのだ。

また一見単純なようで、平仮名の二行書きが選択されていたり、「月を見つけて月いいよねと君が言う」と「ぼくはこっちだからじゃあまたね」の間が通常の一字空けではなく二字空けになっていたりするところに作者なりの配慮がみられる。
ここには丁寧に捨て身になってゆくことで何とか活路を見出そうとするようなサバイバル感覚があると思う。

あの青い電車にもしもぶつかればはね飛ばされたりするんだろうな　永井　祐

最後に「昔の若者」の素直な歌をあげてみたい。以下は昭和十五年に刊行された歌集『荒栲《あらたへ》』より。作者は現代短歌の起点ともみなされる合同歌集『新風十人』にも名を連ねた筏井嘉一である。

ポストまであゆみきたりて見直せば手紙の宛名いかにも恋し　筏井嘉一

このおもひ彼女の胸へますぐゆけポストに投げし手紙音あり　同

自分で書いた「手紙の宛名」が「いかにも恋し」というのがなんとも微笑ましい。恋する〈私〉にとっては、「彼女」に繋がる全ての要素、すなわち「宛名」や「手紙」の「音」までが特別なものとして感じられているのだろう。

この延長線上に次のような傑作が生まれている。

動きそむる汽車の窓よりわれを見し涙とび出さんばかりの眼《め》なりき　筏井嘉一

上句に連動した「涙とび出さんばかりの眼」のダイナミズムが凄い。別れの悲しみの頂点で天性の素直さが爆発してしまったかのようだ。十四歳で北原白秋に師事した作者は、ここを字余りにしない技術も当然持っていただろう。にも拘わらず、〈私〉の心がそれをさせなかった。結果的には、定型が破られたことによっていっそう生き生きとみえる、という効果が現れている。

子供の言葉

短歌の世界における定説のひとつに、「孫の歌はうまくいかない」というものがある。「可愛い」という感情が強すぎて、それが表現の足を引っ張るからだろう。読者よりも先に作者が感激しているために言葉の次元で詩的な価値を作り出すことが難しいのだ。

いわゆる専門歌人の場合には、自らの感情に抑制をかけようとする意識や、そのための技術をもっている。作中で孫を蝿に置き換えて表現した、という歌人の逸話をきいたこともある。蝿かあ、と驚いたけど、「可愛い」の重力から逃げ切るためには犬や猫では不充分だったのだろう。

一方で、新聞などに投稿する作者の場合は、孫可愛さに抗うことは難しいようだ。そもそも「可愛い」を詠いたくて短歌を作っているということもある。だが、無論例外もある。他人から見ても興味深く感じられる孫の歌を、新聞投稿歌から挙げてみよう。

「おぢいちゃんしぬまでながいきしてください」誕生祝いは孫からの文　高橋雅雄

一見普通にみえるが、妙な生々しさがある。ポイントは「しぬまで」だろう。大人は「誕生祝い」のなかに決してこの言葉を入れることはない。まして相手が年輩であれば。だが、この余計な一語にこそ詩の芽があると思う。それがさらに大きくなったものが次の一首である。

「じいちゃんはいつごろしぬのおとうさん」満四歳の東京の孫　鉄本正信

出た、という感じ。だが、「満四歳」に不謹慎という発想はない。その圧倒的な囚われの無さは今だけの貴重なものだ。作者自身もちょっとしたショックを受けつつ、その自由さに惹かれたからこそ短歌にしたのだろう。
もう一首、同様の歌を挙げてみたい。

どうこうと思うなけれど曾孫は「ばあちゃん、男か女か」と聞く　香城清子

「どうこうと思うなけれど」と云いつつ、やはりショックだったろう。〈私〉がじいちゃんならまだしも。しかし、歌としては魅力的だ。

ここまでに引用した歌には、ひとつの共通点がある。それは作中に孫や曾孫本人の言葉が引用されていることだ。おじいちゃんやおばあちゃんは孫がたまらなく可愛い。だが、相手はそんなことにはお構い無し。その非対称性によって、孫可愛さの壁が結果的に突破されているのだ。

もう少し見てみよう。

年中の孫が電話でおれという　俺の時より十年早い　山本　章

将来の夢はなあにと孫が聞く　脳内検索ヒット0件　同

いずれもどこかユーモラス、そしてやはり孫の言葉が引用されている。「ぼく」→「おれ」という一人称の変化への驚き、また孫に向かって問う筈の「将

来の夢」を逆に訊かれる意外さ。
孫の歌に限らず、幼い子供の言葉を引用した歌には面白いものが多い。

電車がカゼひいてるよと幼言う　かすれた声のアナウンス流れて　杉本葉子

「電車」本人が喋っている、と思ったのだろう。車内放送特有の鼻声を「カゼ」と捉えたのも微笑ましい。だが、おかしな云い方になるが、それは結果的に微笑ましくなっているに過ぎないとも思う。幼い子供とは本来は全方向的に逸脱した存在であり、その言葉が「電車がカゼひいてるよ」になるか「じいちゃんはいつごろしぬの」になるかは偶然と云ってもいいだろう。作者たちはそのなかの可愛さや新鮮さに注目して、いわば大人フィルターをかけて、五七五七七のなかに取り込んでいるわけだ。

ライオンを指さし幼なは「髪の毛がないのが女」と弟に言ふ　川西　守

「鬣《たてがみ》がないのが雌」という大人の世界の常識を子供の言葉で云い替えたとた

ん、目の前に別世界が現れた。微笑ましさの裏側に何かひやりとするものを感じさせる。その別世界が「髪の毛があるのが女」である人間世界の反転像を示しているからだろうか。

最後に専門歌人フィルターによって詩的に純化された子供の言葉たちを挙げておきたい。

子には子の電車来るべし「白菜の内側でお待ち下さい」と言ふ　　小島ゆかり

朝光《あさかげ》に幼き声を聞きおれば「歯が引っ越しをするのよ」と言う　　吉川宏志

「やさしい鮫」と「こわい鮫」とに区別して子の言うやさしい鮫とはイルカ　　松村正直

いずれも我々の知っている現実や社会に確かに触れながら、既知の世界像を覆す魅力を備えている。

窓の外

先日、久しぶりに岡崎京子の『リバーズ・エッジ』を読み返した。やっぱり凄い。この人が今を描いたらどうなるんだろう、と思う。それから「あとがき」をみてショックを受けた。そこに、こんな言葉が記されていたからだ。

ごらん、窓の外を。
全てのことが起こりうるのを。

慌てて奥付を確認する。一九九四年六月。岡崎さんが交通事故（ときいている）に遇う約二年前だ。そう思うと、あまりにも予言的なフレーズにみえてしまう。

こんな短歌を思い出した。

ガラス戸の向う動かぬ夏がみえ起るべき何をわれは待ちいる　平井　弘

よく似た感覚が描かれていると思う。ここには異変の予兆とその感受がある。引用歌は一九六一年に刊行された第一歌集『顔をあげる』に収められている。革命幻想との結びつきなどを考えずとも、一首からは青春期特有の限りなく怖れに近い期待、もしくはその逆を読み取ることができそうだ。
それにしても、と思う。何故、「窓の外」であり、「ガラス戸の向う」なんだろう。

鋪《ほ》道《だう》には何も通らぬひとときが折々ありぬ硝子戸《がらすど》のそと　佐藤佐太郎

ここでも作中の〈私〉は「硝子戸のそと」をみている。また、ことさら「何も通らぬひととき」の存在が強調されているのも面白い。逆に云えば、何かが通っているときもあるわけだ。当然だ。しかし、通行人や犬や豆腐屋や郵便配達夫などが通っている「鋪道」とは、ただの現実に過ぎない。彼らの姿は現実の時の流れが可視化されたものと云える。

一方、「何も通らぬひととき」の「鋪道」はどうか。無人であることは日常的な時の流れからの解放を意味する。そのため、「何も通らぬひととき」に意識をフォーカスして「鋪道」をみるとき、そこには日常の現実を離れたもうひとつの世界が浮上してくることになる。引用歌で強調されているのは、この反現実的な感覚だろう。

前掲の平井作品でも、全てが活動的になる筈の夏が敢えて「動かぬ夏」と記されていたことを思い出したい。窓越しの世界が無人で不動だからこそ、それはもうひとつの世界のスクリーンになりうるのだ。

では、そのスクリーンに映るもうひとつの世界の正体とは何だろう。私は未来だと思う。作中の〈私〉たちが「窓」や「ガラス」や「硝子」越しにみているのは外の風景ではない。現実の今の上に、まだ到来しない世界の像をみている、というか、感じているのだ。

「硝子」には意味がある。現実の時の流れから解放された無人の「鋪道」や「動かぬ夏」の上にそれを重ねることで、初めて「全てのことが起こりうる」未来を映すスクリーンが生まれるのだが、同時に「硝子」は、現実の今を生きる〈私〉が決して破ることのできない時間の壁を象徴しているのだろう。だからこそ、その手前側で痺れるような思いを抱きながら、次の一瞬に起きる何かを「われは待ちいる」。
そんな異変の時としての未来の到来をはっきりと言語化したのが、次の歌だ。

五月來る硝子のかなた森閑と嬰兒みなころされたるみどり　塚本邦雄

「硝子」「森閑」というパターンはここまでの歌たちと共通している。作中の現実において何も起きてはいないことも。窓の外には、ただ新緑の季節が広がっているだけだ。けれど、〈私〉の心には異様な光景が映っている。「森閑」＝「森」＝「みどり」、「嬰兒」＝「みどりご」＝「みどり」、という二重の流れによって強調された「みどり」。これは作中現実の新緑と一致する。〈私〉の網膜はその「みどり」を映しつつ、しかし、心に映っているのは補色関係にある赤＝血の色ではないか。
これまでの引用歌のように「硝子」のすぐ「そと」や「向う」ではなくて「かなた」であることが幻の証。幻であるからこそ、「嬰兒みなころされたる」像がありありと心に映るのだ。

硝子扉の外はまばゆき朝なれば裁かるるごと風に入りゆく

中山　明

〈私〉はとうとう「硝子扉の外」へ出てしまった。時間の壁を破って未来のなかに自ら突っ込んでゆくという暴挙。いや、暴挙もなにも、現実には全ての人間が否応もなく未来に飲まれてゆくのだった。では、「裁かるるごと」の圧倒的な陶酔感は何に由来するのか。

普通に考えても、未来は怖ろしいに決まっている。そのどこかに必ず〈私〉の死が埋まっているのだから。しかし、夢や可能性もまたそこにある。詩の根源にあるものはこの両義性だろう。

引用歌において「硝子扉の外」の「まばゆ」さを支えているのは〈私〉の若さだと思う。若ければ若いほど未来は分厚くなり、そのなかにある筈の夢の量も厖大なものになる。だからこそ、運命を懸けて「裁かるるごと風に入りゆく」。

だが、この後、〈私〉はすぐに気づくのだろう。「硝子扉」の外にも未来はない。通行人や犬や豆腐屋や郵便配達夫が往来するただの現在があるだけだ、と。未来を先取りして生きることは誰にもできない。ただ詩の鏡に束の間それを映すことができるだけだ。

ちゃらちゃらてふてふ

私にとって旧かな遣いは謎だ。「てふてふ」＝「ちょうちょう」って、どういうことなんだろう。「私は」の「は」＝「わ」の例から想像してみようとするが難しい。「は」と「わ」の関係に比べて「てふてふ」と「ちょうちょう」の間の距離は、ずっと大きなものに思えるからだ。

旧かながさまになりしは福田恆存まで丸谷でさへもちやらちやらくさく

小池　光

「丸谷」とは「丸谷才一」のことだろうか。ということは、たぶん現存の全ての作家の「旧かな」はさまになっていない、という意味なのだろう。にも拘わらず、この歌自体が旧かなで書かれているところが面白い。「ちやらちやらく

「ひなにんぎやうのかたなのつば」は「雛人形の刀の鍔」である。これは天保銭を「雛人形の刀の鍔」に見立てる落語「雛鍔」の本歌取りだが、旧かなの表記が不思議な効果を上げている。「ひなにんぎやうのかたなのつば」が、読者のあたまのなかですぐには漢字変換できないことが狙いなのだ。理性を拒む呪文的な言葉の連なりだからこそ、「眠りにおちるためのおまじなひ」たり得る。旧かなの見慣れなさが逆に新鮮でお洒落な気分に合う、ということでもあるのだろう。

みづたまのもやうのシャツと白無地があいすかうひい飲みてしづけき

東　直子

つめに描くあさがほひまはりけふちくたう思ひはふらすアンナ・カレニナ

同

ふうらいばうと呼ばるる竹を腰にさし雨の上がれる午後はきやらきやら　同

まつちや入りかすていら切り分けようぞ　つつぷしてゐるこころを起こし　同

同じく昭和三十八年生まれの東直子には「つゆのてふてふ——旧かな文語歌」という連作がある。普段は新かな口語で歌を詠んでいる作者が、わざわざ「旧かな文語」を採用した試みだ。

「あいすかうひい」「あさがほひまはりけふちくたう」「ふうらいばう」「まつちや入りかすていら」といった言葉遣いに、山崎作品と同様の面白がり方を感じる。これは外国人の着物姿のようなもので、さまになるとかならないとかいう次元では読むことができないものなのだろう。

私の知るなかで、最もインパクトのある旧かなの使用例は次の歌だ。

にぎやかに釜飯の鶏ゑゑゑゑゑゑゑゑゑひどい戦争だった

加藤治郎

「釜飯」にされてしまった「鶏」の叫びが「ゑ」の文字で表現されている。「ゑ」によって「鶏」の鳴き声と姿を同時に表しながら、「ひどい戦争だった」に至って、これが戦死者の声にオーバーラップしてゆく。このモチーフ自体が旧かなとリンクしていることがわかる。ただ「ひどい戦争だつた」とは表記されていない。つまり、この歌自体は新かなの作品であり、「ゑ」は一種の記号として用いられているわけだ。

ちなみに作者は昭和三十四年生まれ。一首を統べるメタ的な視点はやはり当事者のものではない、と思う。旧かなで育った戦争体験者は、このような歌を決して作らないだろう。

今と永遠の通路

さりげなくさしだされているレストランのグラスが変に美しい朝

早坂　類

「変に」が印象に残る。「変に美しい」とは、どういうことだろう。ギヤマンが珍しかった時代ならともかく、現代の我々にとって「グラス」は殊更「美しい」と讃える対象でもない。にも拘わらず、作中の〈私〉には、この「朝」の「グラス」が何やら特別に美しく感じられたのだ。一首に描かれた状況が、例えば、片思いの相手に「さしだされている」とかなら、それがいつもより「美しい」ことの理由になる。でも、そんなことは一切書かれていない。〈私〉自身にも理由がわからないから「変に」なのだろう。それでも、「グラスが変に美しい朝」って確かにあるよな、と思わせるところがある。理由もなく、唐突であることが、逆に奇妙な生々しさと説得力を与えている、とみることはできないか。

目の前のコップがびっくりするくらい光ってて、今日犬が出てった。　陣崎草子

「今日」に限って「目の前」の「コップ」が「びっくりするくらい光って」いたのだろうか。何故そう感じたのか。その理由は、前の歌同様にやはり記されていない。しかし、最後に置かれた「犬が出てった」が、「今日」が何かの特異点であることを暗示しているように思われる。

引用した二首のようなタイプの歌の、理由なき特異点の露出とも云うべき現象について、私は次のように考える。我々は常に今を生きていて、今しか生きられない。にも拘わらず、その現場を捉えることができない。今、今、今、今、今とどんなに強く意識しようとしても、そのときにはもうそこに今はない。我々の意識は、現に生命が生きている今から常に遅れ、必ずズレを生じることになる。しかしながら、何かのきっかけで日常の意識に裂け目ができて、捉えられない筈の今の光を浴びることがある。

日常的な時間の流れのなかでは捉えられない今が剝き出しになるとき、それ

は永遠の相貌を帯びる。「目の前のコップがびっくりするくらい光って」いたり、「グラスが変に美し」かったりするのは、今から永遠の光が溢れているからではないか。云い換えると、それは可能性の光に他ならない。この世の可能性の全ては今にある。今だけに全てのことが起こり得る。愛を告げられたり、心臓が止まったり、「犬が出てった」り。その怖ろしい光を日常の意識が直視できないのは当然だろう。それが特異点の正体だと思う。

ただ、従来の短歌的なセオリーから云うと、ここまでの引用歌は、決して名歌とは呼ばれないだろう。「変に」「びっくりするくらい」といった理由のない唐突さがＮＧなのだ。写実を軸として発展してきた短歌の世界では、一首のなかで、特異点が発生する理由が現実に即したかたちで語られ、今の裂け目から永遠がのぞくプロセスが可視化されることが望ましいとされてきた。

その観点からの模範例をみてみよう。

夕光《ゆふかげ》のなかにまぶしく花みちてしだれ桜は輝《かがやき》を垂る　佐藤佐太郎

写実の名作である。「夕光のなかにまぶしく花みちて」という状況説明のなかに、眼前の今が特異点になる予兆がある。そしてポイントは「しだれ桜は輝を垂る」。実際に垂れているのは「しだれ桜」だが、それを「輝を垂る」と表現することによって、今から永遠への回路が開かれている。しかも、永遠のまぶしさは、あくまでも「夕光」のなかの「しだれ桜」のそれとして現実的に説明され得る。この踏み留まり方が、前掲の二首とは決定的にちがっていて、短歌共同体のなかで名歌とされる理由でもある。

より日常に即したかたちでは、こんな歌もある。

湯口《ゆぐち》より溢れ出でつつ秋の灯に太束《ふとたば》の湯のかがやきておつ　宮柊二

「かがやきておつ」が「輝を垂る」に似ている。だが、まぶしさ即ち永遠を感じさせる度合いは小さい。その理由は「桜」と「湯」の設定上の違い、つまり満開の「しだれ桜」が「夕光」と重なった今の方が裂け目として大きいことに因る。よく読むと、この「湯」にも「変に」「びっくりするくらい」に似た今の増幅感は宿っている。ただ、写実的な価値観のなかでは、それが現実的な状況から算出可能な度合いを超えてまぶしくなることは許されないのだ。

或いは、こんな歌。

金色《きんいろ》に砂光る利那《せつな》利那《せつな》あり屋出《をく》でて孤り立ちし広場《ひろば》に

宮　柊二

「利那利那」とは今、今、今、今、今のことだろう。ここでは目の前にある「砂」に宿った小さな永遠が、連続的に煌めきを放っているのだ。

佐藤佐太郎は斎藤茂吉の、宮柊二は北原白秋のそれぞれ高弟であり、引用歌はさすがに鍛えられた目の力と手の業を感じさせる。しかし、平成の歌人たちは、このような今が永遠に繋がるプロセスをダルマ落としにすることに、倒錯的なリアリティを感じているようにみえる。結果的に現実的な状況から算出できないほどのまぶしさを抱えた歌が生まれてくる。それに伴って短歌の価値観にも変動が生じているようだ。

冒頭の二首の他にも、こんな極端な例がある。

唐突に村上姓は素敵だと気づき村上さんに言いに行く

小林真実

「唐突」さの塊のような一首である。佐太郎や柊二の歌にあった丁寧な状況説明が思い切りとばされて、今から永遠へのプロセスがダルマ落としにされている。読者は、「しだれ桜」の「輝」のようには、「村上姓」の「素敵」さを追体験することができない。ただ、作中の〈私〉の反応から「村上姓」という今の裂け目から永遠がのぞいたのだろう、と信じるしかない。「グラス」「コップ」の二首とは、理由を説明しないことが逆にリアルという体感が共通している。この「村上姓」が珍しい苗字では一首が成立しないのは、「グラス」「コップ」が「宝石」では成立しないのと同じである。また「犬が出てった」を連想させる「村上さんに言いに行く」は可能性の顕在化だろう。

流れつつ藁《わら》も芥《あくた》も永遠に向ふがごとく水《みづ》の面《も》にあり　　宮 柊二

とうとう目の前に「永遠」の一語が現れた。「藁」や「芥」が、「グラス」「コップ」「村上姓」などよりもさらにありふれた存在であることに注目したい。「宝石」からの距離が遠ければ遠いほど今から「永遠」への通路は開きやすくなる。そのまぶしさの源にあるのは現世的に確定された価値ではなく、不定形な可能性の塊だからだ。

美のメカニズム

硝子戸に鍵かけてゐるふとむなし月の夜の硝子に鍵かけること

葛原妙子

この歌について、以前、歌人の水原紫苑さんと、こんなやりとりをしたことがある。

私「どうして、『ふとむなし』なんだろう。『硝子戸』なんて、いくら『鍵』をかけても割ろうと思えば簡単なことだから、わざわざ『鍵』をかけるのがむなしくなっちゃったのかなあ」

紫「えっ。これはいくら『鍵』をかけても、『月』の光は自由に入れちゃうってことじゃないの」

さく」のフレーズがそのまま「ちやらちやらくさ」い、という二重性を帯びてくるではないか。

昭和二十二年生まれの作者の、自身がそこに生まれ育った時空間＝戦後の日本に対する切実なアイロニーとして、これを受け取った。

だが、私自身はこの感覚に自然に同調することはできない。あたまでわかっても実感することが難しいのだ。昭和三十七年生まれの私にとって、旧かなは懐かしいとか呪わしいとかいうよりも、はなからエキゾチックなものに思えてしまう。

私と同世代の歌人たちの意識も多くはこれに近いと思う。実際に作品をみてみよう。

ひなにんぎやうのかたなのつば　やすらかな眠りにおちるためのおまじなひ　山崎郁子

山崎郁子は昭和三十八年生まれ。引用歌は彼女の二十代の作品である。一読して、作者は旧かなを楽しんでいる、という印象を受ける。

あ、と思った。彼女の云う通りだろう。そうでなければ、わざわざ「月の夜の硝子に」と限定する理由もない。美しい一首を前にして、リアルな防犯のことばかり考えていて、恥ずかしくなった。だが、もしも私がさらに現実的な性格の持ち主だったら、こんな風に反論したかもしれない。

私「別に入られたっていいじゃん。『月』の光には何にも盗めないんだから」

勿論そういう問題ではないのだ。金品を盗まれさえしなければOKという意見は、あまりにも現世的。でも、実際にはそういう意識で日々を送っているひとが多く、またどのように浮世離れした詩人であっても、霞を食っては生きられない。つまり現世のシステムから完全に自由になれるわけではない。だからこそ、もうひとつの超越的な世界に憧れるのだ。

葛原妙子には、こんな歌もある。

床《ゆか》に散るキング、スペイド山屋《さんをく》にしのび入りトランプを切りし一人あり　葛原妙子

如何なる者無人の家にトランプをもてあそびしや清からずやも　同

荒れし家の落葉の上をゆきもどる徘徊者の寂しき眼《まなこ》みゆ　同

こちらは実際に何者かにしのび込まれている。同じ連作中に「点りたる電燈ありて頭上よりこの家《や》のあるじひとりを照らす」とあるから、作中の〈私〉が所有している「山屋」なのだろう。

この小事件に対する作中の〈私〉の反応が興味深い。「清からずやも」「寂しき眼みゆ」とは、犯人（？）への心寄せに他ならない。普通なら、まあこわい、となるところではないか。〈私〉の心を引いたのは、荒れた「山屋」に忍び入った者が、そこで「トランプ」をもてあそんだ、というその行為にちがいない。おそらくは、現世的には何も生み出すことのない一人遊びだからこそ、「清からずやも」なのだ。冒頭の歌に照らして云えば、まるで「月」の光のような男（もしくは女）ではないか。恰好いい。

我々が生きるためには、その前提としてまず生き延びる必要がある。だが、葛原妙子の歌には、このような現世の法則に対する違和というか、そこに囚われることを拒否するような超越志向が強く感じられる。

同様の例をさらに挙げてみる。

美しき挙手をわれみつ断崖の小径に自動車《くるま》の擦れちがふとき　葛原妙子

単調なる人の日破れん　美しき流血をみるものにして　同

美しき徒《むだ》のひとつと秋の日の漏水は飛沫《しぶ》く鉛の管より　同

弾痕の美しかりし燈台を石油燃えゐる部屋におもひいづ　同

今日とはなにものかなれば　雲の氾濫うつくしき飛行場よ　同

硝子戸を閉《さ》すべくのぼりし二階よりあな美しき空地はみゆ　同

わが家の広き床《ゆか》滑る、滑る、滑る、滑らむことのうつくし月夜　　同

作者の目に美しく映っているのは、「挙手」「流血」「漏水」「弾痕」「空地」など、どれも現世的な実益を伴わないものばかりだ。

噴水は疾風にたふれ噴きゐたり凜々《りり》たりきらめける冬の浪費よ　　葛原妙子

「噴水」は社会的に無価値ではない。しかし、一般的には夏のものであり、人々に涼感を与えるところがポイントだろう。だが、作者にとってはそうではない。ここに詠われているのは「疾風」のなかの「冬」の「噴水」であり、それが孤独な「浪費」だからこそ「凜々たり」と見なされているのだ。

暴王ネロ柘榴を食ひて死にたりと異説のあらば美しきかな　　葛原妙子

通説の方は反乱の果ての自死ということになっているらしい。仮にどのよう

な形の死であったにせよ、「柘榴《ざくろ》を食ひて」の死ほどに虚しくはないだろう。この果実のもつ象徴性とはまた別に、その虚しさは作者のうち立てた「異説」の美にとって重要な要素だったと思われる。

生殖を巡って

青年の群れに少女らまじりゆき烈風のなかの撓める硝子　塚本邦雄

下句の「烈風のなかの撓める硝子」とは、上句の「青年の群れに少女らまじりゆき」を感覚的に受けたものだろう。何故、このような激しいイメージが生まれるのか。直接的には異性間交流の緊張を表しているのだろうが、さらに突き詰めれば、それは生殖の予兆としての衝撃だと思う。
世界中の至る所で今日も「青年の群れに少女ら」がまじりゆく、それによって新しい人間が増え続けている。そして、それ以外の方法で人類が種として存続することはできないのだ。

「卵のひみつ」といへる書抱《ふみ》きねむりたる十二の少女にふるるなかれよ　葛原妙子

印度孔雀おごそかに距離をたもちゐる雌雄よひとつとまり木の上　同

これらの歌にもまた不思議な緊張感がある。初潮年齢の「少女」の「ひみつ」に「ふるるなかれよ」という思い、また「雌雄」間の「距離」を「おごそか」と捉える感覚。これらの根底には、神が定めた、或いは世界の初期設定としての「卵のひみつ」、すなわち生殖システムに対する畏怖があると思う。そしてまた、生殖とは人間を含む全ての生物を地上に縛りつける呪いでもあるだろう。それに囚われることへの違和感や憎悪が詠われることもある。

奔馬ひとつ冬のかすみの奥に消ゆわれのみが纍々と子をもてりけり　葛原妙子

代表歌のひとつであるが、この「奔馬」は反世界的な超越性を象徴する存在だと思う。それとの対比のように「纍々と子をもて」る、すなわち地上に囚われた「われ」が意識されているわけだ。

懐胎女《みごもりめ》葡萄を洗ふ半身の重きかも水中の如く暗きかも　葛原妙子

この場合も同様だろう。「水中の如く」重く暗く囚われているのだ。さらには次のような作品もあって、あまりにも直接的な嫌悪や悪意の表出に驚かされる。

豆粒のごとき七匹の仔を産みし土用最中《もなか》の猫を憎みぬ　葛原妙子

おほきなる屑籠ありてやはらかきみどり児を容るるに足らむ　同

その一方で、生殖の呪縛に対するこのような忌避感の裏返しのように、童貞性、処女性、同性愛性への憧憬がしばしば詠われる。

少年は少年とねむるうす青き水仙の葉のごとくならびて　葛原妙子

いらいらとふる雪かぶり白髪となれば久遠に子を生むなかれ　春日井建

夜の新樹しろがねかの日こゑうるみ貴様とさきにきさまが呼びき　塚本邦雄

いずれも深い慈しみや歓びの感覚に充ちている。これは生殖に結びつかない関係の反世界性に根ざしたものだろう。無論、このような愛の在り方は地上における種の存続を保証することができない。

ここまでの引用は、いずれも戦後の前衛短歌運動の推進者或いは同行者とみなされる作者の歌である。文学運動とモチーフの結びつきの面からも興味深い。

彼らの子供世代に当たる歌人のなかでも、例えば水原紫苑は、生殖の呪縛に対する違和感を繰り返し詠っている。次の一首には、前衛短歌世代の畏怖や憎悪ともまた違ったイメージの提示をみることができる。

宥《ゆる》されてわれは生みたし　硝子・貝・時計のやうに響きあふ子ら

水原紫苑

「われは生みたし」と云いつつ、描かれているのは生身の母子像ではない。「硝子・貝・時計のやうに響きあふ」とは、生存の呪縛を超越した「子ら」のイメージだろう。「宥されて」の初句が印象的だ。いったい何に、誰に、「宥されて」なのだろう。

システムへの抵抗

先日、こんな歌が新聞歌壇に投稿されてきた。

お一人様三点限りと言われても私は二点でピタリと止めた　田中澄子

「ピタリと止めた」という結句に妙に力が入っていて面白い。「私」はどうしてこんなにも得意げなのだろう。それは売り手側の巧妙な誘いに乗らなかったからだ。「お一人様三点限り」というレトリックは、１９８０円とか２９８０円とかいった値段設定と同様に商品販売システムのなかでもポピュラーなものだ。ということは、それだけ効果的なのだろう。もっと買いたいのはわかりますが、というニュアンスでこう云われると、一種の錯覚だとわかっていても、買い手はつい誘いに乗ってしまう。「三点限り」＝みんな欲しがるいいもの、という心理の逆転が起こるのだ。そこを「私」は「ピタリと止めた」、上限まで買うのが当然という立場から「三点限り」と云われても、要らないものは要らないよ、というわけだ。

ラーユがない！　ギョーザをショーユだけで食うオリンピックなんざ知ったこっちゃない　　森本　平

この歌には大小二種類のシステムが隠されている。大は「オリンピック」、人類の生み出した最も巨大な祭のひとつである。小は「ラーユ＋ショーユ」の組み合わせ、こちらは「ギョーザ」を食べるための定番的調味料システムだ。作中の〈私〉は人間の心を縛るシステムというものに違和感を抱いている。だが、「オリンピック」にはとても歯が立たない。〈私〉の家族も友人も恋人も職場の上司も、周囲の人々はみんな「オリンピック」が大好きなのだ。ちぇっ、どいつもこいつも、と思いつつ、本当は〈私〉だってちょっぴり楽しみなのかもしれない。

そんな自分に苛立ちながら、昼飯を食おうとした〈私〉は、おそろしいことに気づく。「ラーユがない！」。なんてこった。俺の「ギョーザ」はどうなっちまうんだ。だが、そのとき、〈私〉は絶望の底でかつて味わったことのない自由を感じる。もういい、「ラーユ」なんて要らん。「ショーユだけで食う」。そうとも俺は「ギョーザ」テロリストだ。心を縛っていたシステムを破った興奮のなかで、〈私〉は世界に向かって宣言する。「オリンピックなんざ知ったこっちゃない」と。

「ギョーザをショーユだけで食う」という暴挙は、「コップとパックの歌」の項で紹介した「あのこ紙パックジュースをストローの穴からストローなしで飲み干す」（盛田志保子）を連想させる。共通するモチーフは日常の細部にまで浸透したシステムに対する抵抗だ。

では、同じ項で挙げた次の一首はどうだろう。

牛乳のパックの口を開けたもう死んでもいいというくらい完璧に　　中澤　系

こちらになると、単なる抵抗というレベルを超えている。「もう死んでもいい」には、システムの浸透の果てに生まれた感受性の逆転現象への自覚とアイロニーがみられる。生きるために「牛乳」を飲む。飲むために「パックの口」

を開ける。という本来のベクトルが感覚的に逆転しているのだ。この倒錯をより自然に表明した歌を、もう一首挙げてみたい。

パレードにミッキーマウスがいないから偽物みたいなロイヤルウェディング　鈴木美紀子

テレビで観た「ロイヤルウェディング」が、〈私〉の目には「偽物」にみえてしまったのだ。その理由は「パレードにミッキーマウスがいないから」。「ミッキーマウス」がいる方が本物の「パレード」という感受性の倒錯に今を感じる。夢の国としてのディズニーランドは高度な娯楽システムの象徴として、近年の短歌のなかでしばしば詠われている。

このような倒錯とアイロニーがさらに進むとどうなるか。ひとつの究極形は、例えばこんな歌だろう。

ディズニーランドで糞する奴は間違いなく気違いなのさとみんなそう言う

北宮隆行

「ディズニーランドで糞」なんて想像しただけでおそろしい。なんて酷いことをするんだろう。ミッキーもミニーも「糞」なんてしない。勿論「みんな」だって。ときどき僕のお尻から何かが出ることがあるけど、すぐにお湯が肛門を洗ってくれるし、便座から立ち上がるだけで、何かはそのまま流れていってしまうから、いっぺんもみたことがないんだ。でも、いつか流れる前に振り向いてみようかなあ。死ぬ前に一度くらいは。

システムは悪ではない。それはより安全でより便利でより楽しい世界をつくるために我々自身が生み出したものだから、むしろ善。ゆえに、システムは決してなくならない。システムの最大の敵は、危険や不便や不幸の親玉たる死であろう。だから、どんな小さな死をも見逃さずに丁寧に排除しようとする。だが、どのようなシステムも、我々の生の外部にある死だけを選択的に取り除くことはできない。システムは我々の生の裡なる死をも同時に殺してしまう。裡なる死とは、絶対的な未知性の別名であり、生の光と闇の源であり、詩の故郷でもあるだろう。

駅前でティッシュを配る人にまた御辞儀をしたよそのシステムに

中澤　系

感謝と肯定

座るとき立ち上がるとき歩くとき　ありがとう足そして重力

東　直子

「座るとき立ち上がるとき歩くとき」と上から読んできて、「ありがとう足そして重力」で驚く。なんだこの下句は。意味が繋がっていないわけではない。「足」がなければ、確かに私たちは座ることも立ち上がることも歩くこともできない。そして、それだけではまだ足りない。あと「重力」もないと。ふわふわ浮き上がっちゃうから。

というわけで、「ありがとう足そして重力」。云ってることはちゃんとわかる。わからないのは、どうして突然「足」と「重力」にお礼が云いたくなったのか、ということだ。手とか首とか目とか歯とか心臓とか膀胱とか動脈とか静脈へのお礼はいいのか。いや、たぶん、ここでは言葉にされていないだけで、心のなかで「ありがとう」と云っているのだろう。みんなを代表して「足」が感謝を受け取ったのだ。

関節の正しく五十五年間うごくを謝して雨夜あゆめり　高野公彦

こちらは「関節」が代表だ。「五十五年間」という長期に亘るお勤めを感謝されている。「関節」が錆び付きそうなこんな「雨夜」にも、ちゃんと動いてくれてありがとう。雨の日も風の日も生まれてから今日まで本当にありがとう、と。

また、河野裕子には『歩く』というタイトルの歌集があって、「あとがき」にこう記されている。

歌集の題名は、迷わず『歩く』とした。歩く、唯唯歩く。それは人間の最もシンプルな身体の働きである。これからは、歩くことを大切に、歩けることに感謝して仕事をしていきたいと思っている。

この言葉の背景には作者が乳癌の手術を受けたという事実があるのだが、ここにもやはり東作品や高野作品に通じる「感謝」がみられる。

歩くこと歩けることが大切な一日なりし病院より帰る　河野裕子

いずれも日常の実感としては自然というか、我々が普通に感じたり考えたりすることだと思う。しかし、それがそのまま素直に作品化されたり、歌集名になったりするところが短歌的と思えるのだ。現代詩や俳句や小説ではみかけない光景だ。

五七五七七には「ありがとう足」的な素朴な感謝が宿りやすい。そして、そのような有り難さの感覚は、世界と存在に対する全肯定に結びつきがちだ。

だけどここに今いること祝いたい秘蔵のものを全部さらして　東　直子

すべての今にイエスを告げて水仙の葉のようなその髪のあかるさ　加藤治郎

荒川の水門《すゐもん》に来て見ゆるもの聞こゆるものを吾は楽しむ　斎藤茂吉

「ここに今いること祝いたい」「すべての今にイエスを告げて」「見ゆるもの聞こゆるものを吾は楽しむ」とは、いずれも自らの「今ここ」を肯定する思いだろう。前述の『歩く』の「あとがき」には「生身のはかなさと、健康の有難さを思わないではいられなかった」という記述もあるのだが、東作品にみられる「だけど」の逆接などは、その「生身のはかなさ」の実感に関わっているのだろう。

今回引用した歌の作者がいずれも近現代を代表する歌人であることからもわかるように、生への感謝と存在の肯定が多くの歌に力を与えていることは否定し難い。ただ感謝と肯定の繋がり方が理屈抜きの順接であることも多く、内省を欠いたその直結振りがジャンルへの不信感や生理的な嫌悪感を呼んでいる面があるように見受けられる。歌人の多くは資質的に世界を丸ごと受容する力が強く、塚本邦雄や葛原妙子といった少数の例外を除いて、それに対して異議申し立てをする感覚が稀薄だと思う。

白鳥はふっくらと陽にふくらみぬ　ありがとういつも見えないあなた

渡辺松男

身も蓋もない歌

こんな歌が雑誌の短歌欄に投稿されてきた。

ハブられたイケてるやつがワンランク下の僕らと弁当食べる　うえたに

あまりの身も蓋もなさに感銘を受ける。格好良くて普段はクラス内の良いポジションを占めている同級生が、何かの事情で同じグループから仲間外れにされて、やむなく「ワンランク下」の「僕ら」と弁当を食べている。いくら「イケてるやつ」でもひとりで弁当を食べることはできないのだ。彼はこのまま「ワンランク下」に定着するのか。或いは、うまく立ち回ることができれば、また上のグループに戻れるのだろうか。

そんな教室の出来事を「ワンランク下」の当事者たる「僕」の視点から詠っているところが凄い。特に卑下しているわけではないだろう。クラスには

「僕」よりもうワンランク下、さらにワンランク下の連中がいるのだ。学校という閉鎖空間におけるカースト制度の残酷さを読み取ることができる。

語彙のレベルでみると、「ハブられた」「イケてる」「ワンランク下」というベタな表現の連続が裏返しの詩的価値を生み出しているようだ。美しい言葉や素敵なイメージや高度なメタファーだけが優れた詩歌への道ではないことがわかる。

従来の感覚で身も蓋もないとは、例えばこんな歌だった。


街上《がいじやう》に轢《ひ》かれし猫はぼろ切《きれ》か何かのごとく平《ひら》たくなりぬ　斎藤茂吉

やはり美しい言葉も素敵なイメージも見当たらない。レトリックの面でも、敢えて「ぼろ切か何かのごとく」という平凡な譬喩が使われている。茂吉ほどの名手が、何故こんな情景をこんな表現で詠うのか。戸惑いながら、しかし、何度も眺めているうちにこの「身も蓋もなさ」には、それなりの理由があるように思えてくる。これは死という命の特異点を直視するためのものではないか。

作中の「猫」の姿は確かに悲惨だが、それはあくまでも生きている我々の目から見て、ということになる。本人（？）はもう死んでいるのだから、「ぼろ切」になろうが、どうなろうが、痛くも痒くもないのだ。轢かれた「猫」の体は「ぼろ切か何かのごとく」なり果てた。しかし、「猫」の命そのものは一体どうなったのか。我々はこの問いに対する答を持ち得ない。その事実が一首の表現に執拗さを与え、それによって生と死の間に横たわる絶対的なギャップが可視化されているように思えるのだ。

「身も蓋もなさ」と死の直視という組み合わせは、現代の若者の作品にもみることができる。例えば、「素直な歌」の項でも引用したこんな歌。

あの青い電車にもしもぶつかればはね飛ばされたりするんだろうな　　永井　祐

日常レベルでは当然のことが詠われているだけである。だが、当然の奥には命の不可解さが隠されていて、その把握困難性の感受が、この内容をこの文体で敢えて詠うというスタンスを支えているのだろう。生者の言葉をもったまま、死の向こう側へ行けない我々にできるのは、その姿を外側から見つめることだけだ。

底知《そこし》れぬ謎《なぞ》に対《むか》ひてあるごとし
死児《しじ》のひたひに
また手《て》をやる
石川啄木

暁《あかつき》の薄明《はくめい》に死をおもふことあり除外例なき死といへるもの
斎藤茂吉

そして、また別種の「身も蓋もなさ」を持ち味とする作者もいる。

「百万ドルの夜景」というが米ドルか香港ドルかいつのレートか
松木　秀

疑わずみな鶴と見る折り鶴は現実の鶴には似ていない
同

かなしきはスタートレック　三百年のちにもハゲは解決されず　　同

現実を逃避したとて現実を逃避しているという現実　　同

自爆テロの死者を数える　自爆せし当人は含まれるや否や　　同

引用の松木作品においては、抒情を排した文体によって、現実の社会に対する批評性や奇妙なユーモアが獲得されていると思う。

以上のような観点から、ここまでの引用歌の多くは理解が可能だ。だが、冒頭の「ハブられた」の歌はどうか。ここには死の凝視も社会への批評もユーモアらしきものも見当たらない。その代わりに独特の感触がある。強いて言語化すれば、「僕」の表情がみえない、ということになるだろうか。歌の背後にある筈の心境を窺うことが難しいのだ。歩み寄って考えれば、社会的動物としての人間の宿命がモチーフということになるのか。ともあれ、一首における高純度の「身も蓋もなさ」は、短歌史の中でかつて踏まれたことのない場所を踏んでいるようにみえるのだ。

ドラマ化の凄み

渇きたる砂に半ばをうづもれて貝殻はみな海の傷持つ　大西民子

日のくれに帰れる犬の身顫ひて遠き沙漠の砂撒き散らす　同

バスを降りし人ら夜霧のなかを去る一人一人に切りはなされて　同

美しき断崖として仰ぎゐつ灯をちりばめしビルの側面　同

夕刊を取りこみドアの鍵一つかけてしまへば夜の檻のなか　同

駅前の放置自転車神々に見はなされたる病《やまひ》のごとし　同

いずれも作者の代表歌である。短歌を始めたばかりの頃、私はこれらの歌に出会って、いいなあ、かっこいいなあ、と思った。短歌って面白いもんだな、と。

先日、まとめて読み返す機会があって、改めてその魅力を再認識したのだが、同時に、或ることに気がついた。引用歌は、一首一首の内容だけを要約すると全く平凡になってしまうのだ。具体的にみてみよう。

渇きたる砂に半ばをうづもれて貝殻はみな海の傷持つ

←

貝殻が砂に埋まっている。　〈内容の要約〉

日のくれに帰れる犬の身顫ひて遠き沙漠の砂撒き散らす

←

犬がぶるぶるした。　〈内容の要約〉

バスを降りし人ら夜霧のなかを去る一人一人に切りはなされて
←
バスを降りた人々が歩み去る。　〈内容の要約〉
美しき断崖として仰ぎゐつ灯をちりばめしビルの側面
←
夜のビルを見上げていた。　〈内容の要約〉
夕刊を取りこみドアの鍵一つかけてしまへば夜の檻のなか
←
夕刊を取りこんでドアに鍵をかけた。　〈内容の要約〉
駅前の放置自転車神々に見はなされたる病《やまひ》のごとし
←
駅前に放置自転車がある。　〈内容の要約〉

内容だけをみれば、誰もが知っている出来事に過ぎない。だが、そこから生まれた短歌は読者の感情に訴える味わいをもっている。大西民子の歌人としての強みを、誰もが経験する日常をドラマチックに表現する能力の高さ、と云い換えることができそうだ。詠われている内容が誰にも判りやすく、その表現が劇的だから一層共感しやすいわけである。

引用歌をよく読むと、平凡な出来事を非凡な短歌に変化させる過程で、それぞれポイントになる言葉が導入されていることがわかる。順に「海の傷」「沙漠の砂」「夜霧のなかを」「美しき断崖」「夜の檻」「神々に見はなされたる病」がそれに当たる。いずれも歌謡曲か推理小説のタイトルになりそうだ。これらのキーワードの力によって、平凡な世界がドラマチックに演出されているわけだ。

この手法は殊にかつての私のような短歌を読み慣れていない読者の心を強く揺さぶる。その一方で、読み手が短歌に詳しくなるにつれて、ともすればそのドラマ性が通俗的に感じられてくることがある。どんなジャンルでも通ほど渋好みになる傾向があるが、短歌の場合も例外ではない。石川啄木の判りやすい感傷性よりも斎藤茂吉の謎の天然振りに惹かれる専門歌人は多いのだ。

現在の私も、例えば次のような大西作品により強く惹かれるようになっている。

わが使ふ光と水と火の量の測られて届く紙片三枚

←

水道光熱費の請求書が来た。

〈内容の要約〉

光熱費の請求書が言葉の力によってこんな見事な歌になるとは、と驚かされる。ここまでいくと、ドラマ化というよりもむしろ形而上的異化の趣がある。だが、作者の本質はやはりドラマ性のなかにあるとも思う。

妻を得てユトレヒトに今は住むといふユトレヒトにも雨降るらむか

大西民子

以前、作者に近い人から、この「ユトレヒト」は虚構、という話を教えられてショックを受けた。事実か否かは作品の価値に関わらないとは知りつつ、文体や作者の経歴についての知識から勝手に事実だと思い込んでいたのだ。だって、「ユトレヒト」とはあまりにも思い切った地名ではないか。この「ユトレヒト」が実は「北浦和」とか「四日市」とか「登別」だったってことがあり得るだろうか。一首の全体がフィクションという作風ならともかく、かつての夫の再婚が事実である場合、地名だけをそこまで劇的に変えてしまうことはちょっと考えられない。そう思ってしまった私は、現実をドラマ化する大西ワールドの凄みを改めて痛感させられた。〈私〉の胸中に降る幻の「雨」のオノマトペとも感じられる「ユトレヒト」は、一首においてそれほど決定的な役割を果たしている。

暗示

短歌が実際に書かれていること以上の何かを感じさせることがある。魅力のある歌の殆どはそのような暗示性を秘めている、と云ってもいい。前に、或る歌人が自分の孫を蠅に置き換えて詠ったというエピソードを紹介したが、そのような事情を知らない読者からみると、作中の蠅が蠅以上の何かに感じられることになる。孫を孫のまま詠えばなんでもないところが、敢えて蠅に置き換えたことで暗示性を獲得してしまうのだ。

三階の教室に来たスズメバチ職員室は一階にある　　ハレヤワタル

この「スズメバチ」にもやはり「スズメバチ」以上の奇妙な迫力が感じられる。「職員室は一階にある」と書かれることで、一首の怖さは増している。生徒の危機に先生は気づかない。騒ぎが起こってから駆けつけても間に合わない。蝿の正体が孫であるかもしれないように、昨今の社会状況を踏まえると「スズメバチ」からも、例えば危険人物のようなものをイメージすることはできる。だが、短歌の読みとしてはそこまで限定しない方がいいだろう。強いて言語化するなら、「スズメバチ」とは生徒のひとりひとりを襲う運命が可視化されたものではないか。それは必ず「三階の教室」に来るのだ。

一首の有する暗示性を突き詰めていったとき、解に近いものがみつかる場合とみつからない場合がある。

まず、暗示の解を絞れる例を挙げてみる。

靴靴靴おんなじ靴ってないもんだ今この時間このホーム上に

杉本葉子

作中の「靴」が暗示しているものは、ひとりひとりの人生や生活だろう。それぞれの人生が異なっているのは当たり前で、そのまま詠っても面白くならない。引用歌では、それを「靴」で象徴させ、あくまでも「靴」の話として、最後まで描き切ったことで味わいが生まれた。人生を暗示するものとして、鞄や服に較べて「靴」がより効果的なのには、幾つかの理由がある。誰もが必ず履いていること。一度に一足しか履けないこと。途中で脱いだり置いたりできないこと。ひとりひとりがその上に〈私〉の全てを載せていること。だが、作者はそのような条件をいちいち考えてはいないだろう。直観的に「靴」を選び取っているのだ。

廃品を集めてめぐる軽トラはわたしの前でゆっくり止まる　鈴木美紀子

「ゆっくり止まる」が暗示しているものは「わたし」の自己否定意識、即ち「わたし」もまた一個の「廃品」だという感覚だろう。それをあからさまに述べることなく、「わたし」の前で「ゆっくり止まる」としたことで絶望感がブラックユーモアの詩に転じた。

次に、暗示の解がみえにくい例を挙げてみよう。

神無月老人ホーム窓の中過半数が挙手をしており　モ花

現実には生活上の些細な問いかけに対して「挙手」で応えているのだろう。

微笑ましいとみなすべきなのかもしれない。だが、このように言語化されることで、一首は強い暗示性を帯びている。ひどく怖ろしい光景に思えてくるのだ。そう感じる理由をひとつに絞ることは難しい。彼らはどんな質問に対して手を挙げているのか。「幸せな人？」「生まれてきてよかった人？」「死にたい人？」「自分が誰かわからない人？」「誰かを愛した人？」「誰かに愛された人？」、読者の心のなかにそんな問いかけが次々に浮かんでは消える。そんな〈私〉にもいつか「窓の中」で「挙手」する日が来るのだ。人間の根源が問われていると思うのは「神無月」のせいでもある。この初句が暗示性を高める効果を上げている。

その時刻なれば未だにはためきを弛めぬ旗を降ろさむとする　　丹羽利一

「その時刻」とはいつか。何の「旗」なのか。正確には判らないし、判りようがない。だが、「未だにはためきを弛めぬ」がなんとも云えない凄みを感じさせる。暗示性の強さは「旗」というモノの特殊性による。その役割は実用ではなく象徴。この歌は人間の心を映す鏡のようなもの。読み手の数だけ解がある。

貼紙や看板の歌

前項で短歌の暗示性について書いた。そのバリエーションとして、今回は貼紙や看板や注意書の歌を紹介してみたい。暗示性の文脈に即して云えば、「他者の言葉」を五七五七七の内部に取り込むことによって実際に書かれていることと以上の何かを感じさせるということになるだろう。日常的な役割をもっている筈の貼紙や看板や注意書の言葉が、何かの弾みにもうひとつの異世界を開いてしまうのだ。

「扉のむかうに人がゐるかもしれません」深夜のビルの貼紙を読む　清水良郎

「深夜」の一語が効果的に使われている。「扉のむかうに人がゐるかもしれません」というひとつの言葉が、昼と夜では別のものに見えてくる。昼間はごく普通の「貼紙」。だが、「深夜」はどうか。「深夜」の「扉のむかう」にいる「人」とは残業の社員？　警備員？　泥棒？　いや、この世のものならぬ存在ではないか。その「貼紙」は「深夜」になると異世界への「扉」に変わるのだ。

真夜中の乾燥剤の袋には「食べられません」の文字がいつぱい　　清水良郎

こちらは「真夜中の乾燥剤」の特殊な存在感が詠われている。「食べられません」が小さな袋「いつぱい」にびっしりと記されている異様さ。一旦気にし始めると、耳なし芳一の全身に書かれた経文めいた圧迫感を覚える。あまりにも強く念を押されると感覚が麻痺して、逆に手が伸びてしまいそう。

「軽井沢に跳梁跋扈する悪質な猿の特定が急がれます」とぞ　　花山多佳子

作者の言葉は「とぞ」の二文字だけ。あとは貼紙かチラシか何かの文面だろう。それが妙に可笑しい。書いた本人が真剣なのはわかるが、「跳梁跋扈」を中心とした言葉の組み合わせから独特の過剰さが生まれている。捕らえる以前にまだ「特定」が出来ていないのだ。良質な猿の群れに混ざった「悪質な猿」が「跳梁跋扈」する奇妙な世界像が浮かんでくる。一読して作者は発言者が意図したであろうメッセージ以上の何かを感じたのだろう。その感受を、「とぞ」によって、読者に素早くパスしたところがまた可笑しさを増す効果を上げている。

眉間に蜂迫りきて背ける目は見たり「蜂に注意」といふ看板を

花山多佳子

気づいたときにはもう遅い、という歌。〈私〉ではなく「目」が見たというところに臨場感がある。実際に詠われているのは「蜂」だが、前項の「スズメバチ」同様に、それ以上の何か、例えば死とか、を連想する。我々は自らの死の寸前になって、初めて「死に注意」という「看板」を見た気分になるのではないか。

「賞味期限は別途記載」されているはずの別途はついに分からず

東　直子

いわゆる「あるあるネタ」に近い印象を受けるが、同時に、これも実際の内容以上の広がりを感じさせる。愛の「賞味期限」、友情の「賞味期限」、命の「賞味期限」、確かどこかに書いてあった筈。重要な情報だ。でも、探しても探しても「ついに分からず」。

「錆は寂しがりやです」検査室の一角に貼られし紙片

前田康子

「錆」は増殖するから「検査室」の衛生環境に気をつけて、という意味だろうか。加えてそこに「錆」と「寂」をかけた駄洒落。だが、これを見た瞬間に、ミクロの世界にひとりぼっちで泣いている「錆」がイメージされてしまう。可哀想に。もっと友達を増やしてあげなくちゃ。

肉饅に虫が混入(アザミウマ)などと書かれた詫び文貼らる

前田康子

「アザミウマ」とは「混入」した「虫」の種類らしい。だが、こう書かれると、人間の意識は反射的に「アザミ」や「ウマ」を感じてしまう。「肉饅」の中に「アザミ」、綺麗っていうか不味そう。「肉饅」の中に「ウマ」、入らないだろう、サイズ的に。それとも無理に詰め込めばなんとかなるのか。「肉饅」を割ったとたん、鬣に「アザミ」を飾った「ウマ」がヒヒーンと飛び出してくるもうひとつの世界。

ミクロの世界　空間編

短歌の中で極小の世界が詠われることがある。

食事中むせてご飯が飛びましたまだ原型をとどめてました　渡辺崇晴

口から飛び出した「ご飯」の粒がまだ完全に咀嚼される前で「原型」をとどめていたのだろう。このような経験は誰にもあると思う。だが、それについて他人と話し合うことはまずない。

「拾ってみたら、そのご飯粒、まだ原型をとどめてたんだよ」
「へえ、君がむせるのがあと五秒遅かったら完全に噛み砕かれてたかもね」
「そうだね」

こんな会話はきいたことがない。その理由は、このような事柄は政治的にも経済的にも恋愛的にも全く重要ではないと見なされているからだ。「ご飯」が「原型」をとどめていたからどうした、という話だ。だが、政治とか経済とか恋愛とは、いずれも人間にとっての優先項目に過ぎない。世界を作り出した神の視点からは全ては等価なのだ。それならば、人間が人間用の意味を読み取らない細部にこそ、世界の在り方の秘密が潜んでいる、とは考えられないか。口の中の「ご飯」のひとつひとつが偶然という世界の法則によって嚙み砕かれ、或いは嚙まれることなく飲み込まれ、さらには口から飛び出すひと粒がある。詩人の目はそこに純粋な運命の分岐を見ることになる。

燠《おき》のうへにわれの棄てたる飯《いひ》つぶよりけむりは出でて黒く焼けゆく
斎藤茂吉

例えば、こんな目に遭う「飯つぶ」もあるのだ。「けむりは出でて黒く焼けゆく」には、その運命を最後まで見届けようとする眼差しが感じられる。読み返すうちに、作中の「飯つぶ」が「われ」に、そして「われ」が「神」に、それぞれ見えてくるようだ。同様に「石のべの乾ける砂のごとくにも吾《われ》ありなむかあはれこの砂」（斎藤茂吉）などにも、微小な「砂」と「吾」の運命の同一視が感じられる。「あはれ」と云いつつそれはセンチメンタルな感情移入ではない。神の視点からは「砂」と「吾」は等価だという運命感覚に根ざしたものだ。

黒ゴマの一つ浮きたる牛乳というもの見たり夜のテーブルに

花山多佳子

〈私〉はその体験を誰にも語らないだろう。「昨日、黒ゴマが一つだけ浮いた牛乳を見ちゃった」と告げられた方だって反応に困る。だが、もしもこれが次のような内容ならどうか。

血栓の一つ詰まりたる血管というもの見たり脳の写真に

〈改悪例〉

これなら重要な話題になる。何故なら、人間の生命に関わる事柄だから。しかし、短歌としてみるとやはり原作の方がいい。無数の運命分岐の一端としての「今ここ」の不思議さが、よりくっきりとあらわれている。人間にとっての意味の網の目をすり抜ける出来事にこそ、運命の動きが集約される。人間界では「血栓」は体質や食事の内容やストレスによって生まれたと理解されてしまう。だが、「黒ゴマ」は一体どこからやってきたのだろう。我々は運命の根本にまで遡ることはできない。

短歌における細部のクローズアップは「今ここ」を浮上させる。それは無数の運命が連動する世界の一点だ。

ボールペンの先に小さく黒き玉のこして郵便局を出でたり

梅内美華子

「ボールペンの先」には確かにそういうものができる。そのことを知ってはいても、普段は特に意識しない。だが、或る日、或る時、或る「郵便局」に、そのような「玉」を残したことが〈私〉の生の証なのだ。宛名を書いたとか手紙を出したとか預金を下ろしたとか、人間界の意味ある記述は意識的に避けられている。出来事が小さければ小さいほど、無意味なら無意味なほど、そこに運命の絶対性の光が宿るからだ。

次の引用歌では「今ここ」における世界と〈私〉の繋がりが強く意識されて

いる。

髪の毛がいっぽん口に飛び込んだだけで世界はこんなにも嫌

穂村　弘

「髪の毛がいっぽん口に飛び込んだ」、それだけで〈私〉の「世界」は一変してしまった。だが、〈私〉以外の全ての他者にとってはどうか。「世界」は何ひとつ変わっていない。世界の運命は完全に連動していながら、〈私〉たちはひとりひとり切り離された「今ここ」を生きている。飯粒のように。砂粒のように。ゴマ粒のように。

ミクロの世界　時間編

前項で極小のモノが詠み込まれた歌、つまり短歌における空間的なミクロの世界について考えてみた。その一方で、時間的なミクロを捉えた作品も存在する。

げっぷする瞬間耳は聞こえざりホーームラン!の「ホ」を聞きのがす　清水良郎

空間的なミクロの歌と同様に、ここでもやはり社会的な無用性や無意味性をクローズアップする原則が守られている。この体験を他人と語り合うことはまずないだろう。私は引用歌を見て初めて自分以外の人も「げっぷする瞬間」に耳が聞こえなくなることを知った。だからといって、人間の生活上はほとんど不都合はない。現に作中の〈私〉は聞き逃したそれが「ホ」であったことをちやんと想定できている。しかし、決定的な「瞬間」には確かに立ち会えなかったのだ。

「オハイオウ」が「おはよう」になる瞬間を見し日本語の授業、二回目

齋藤芳生

「オハイオウ」が「おはよう」になるのは無意味ではない。ただし、そのことの意味を発音した本人は完全に把握してはいないだろう。「日本語」の教師である〈私〉だけが、その「瞬間」の重みを理解しているのだ。ここからは、全人類が知覚できず、神だけがそれを理解する決定的な「瞬間」というものが連想される。例えば、人類が初めて火を作り出した「瞬間」、初めて言葉を得た「瞬間」、神は「おっ」と思ったのではないか。それこそが種としての運命の分岐点だから。

最後だし「う」まできちんと発音するね　ありがとう　さようなら

ゆず

普段の〈私〉は「ありがと」「さよなら」と「発音」していたのだろう。二人の関係が「最後」だから、「う」の一音に特別に心を込めるという発想が新鮮。だが、云われた相手はまず気づかないのではないか。ここにも一瞬にして絶対の非対称性が認められる。今、二人の運命が分かれたのだ。

賢治のあの写真の瞬間わが母はいかなる事をしていたりしか　大滝和子

「あの写真」という云い方が面白い。日本人の多くが知っている「あの写真」が撮られたとき、〈私〉はまだこの世に存在していなかった。だが、その「母」はいた。彼女は一体どこで何をしていたのだろう。一首の背後にあるのは、二つの全く異なる人生における同一の「瞬間」を把握することで運命の分岐全体を感じたい、という思いだろう。その一つの果てに「母」の血を引く〈私〉も確かにいるのだ。

押すたびに爆発夢想するもまた鳥のさえずりだった信号機　虫武一俊

「鳥のさえずり」を発する押しボタン式「信号機」なのだろう。ここには、一瞬一瞬の「今ここ」が常に運命の分岐点だという体感がある。ボタンに触れた瞬間の危険なときめき。息を止めて、押す。けれど、なんにも起こらない。世界はいつもと同じ姿のまま、交叉点には今日も作り物の「鳥のさえずり」が充ちている。分岐する運命の可能性に対するヴィヴィッドな感受は青春期のものだろう。年をとるにつれて、「爆発」など起きるはずがないという体感が支配的になってゆく。人生の重みが増して、その外側の意味は見失われる。それに抗って鮮度を保つ魂は詩人のものだ。

ポケットから落ちてく財布キャッチして平行世界のこちらの僕です　弱冷房

　引用は二十一歳の男性の投稿歌だが、「ミスを未然に防げた時やその逆の時、世界が2つに別れる感じがします」という作者のコメントがあった。鋭い感覚だと思う。「平行世界」のあちらの「僕」は「財布」を「キャッチ」できなかったのだ。「落ちてく」の進行形が、スローモーションのような「今ここ」を感じさせる。その背後に、分岐する運命の透明な煌めきが宿っている。

永遠の顔

ランボーから西脇順三郎までさまざまな永遠の詩があるが、短歌にも永遠を詠ったものがある。この言葉が出てくる作品を読んでみたい。

永遠に忘れてしまう一日にレモン石鹼泡立てている　　東　直子

今日という「一日」は、確かにここに存在する。けれど、〈私〉はそれを忘れてしまうことだろう。「永遠」という時間を超えた時間の前で、私たちの「一日」はあまりにも脆く頼りない。だが、両手のなかで生まれては消える「石鹼」の「泡」が「レモン」の薫りを立てるように、その儚さこそが、逆に限りある命の「一日」の掛け替えのなさを生み出しているようだ。

次に「今と永遠の通路」の項でも引用した歌。

流れつつ藁《わら》も芥《あくた》も永遠に向ふがごとく水《みづ》の面《も》にあり

宮　柊二

水面に浮かぶ「藁」や「芥」を「永遠に向ふがごとく」と感じさせているものもまた、それをみつめる〈私〉自身の生の儚さだろう。日常のなかで「レモン石鹼」を「泡立てている」ような人間たちは、神の視点からみると、時の川面を流れてゆく「藁」や「芥」にも等しい存在であり、だからこそ「永遠」への眩しい憧れを抱くことができる。

永遠は三角耳をふるわせて光にのって走りつづける

加藤克巳

唐突に出てくる「三角耳」に驚く。「永遠」に耳があるのか、しかも三角、と不思議な気持ちになる。だが、このように断言されるとそんな気がしてくる。造語めいた「三角耳」という言葉に、奇妙な説得力があるのだ。詩歌において超越的な扱いをされることが多い「永遠」、その顔（の一部だが）が描かれているのは珍しい。光の支配者のような獣の姿がイメージされる。現在の読者の目からはどこかアニメ的な感覚にもみえるのだが、この作を収めた歌集『球体』は一九六九年に刊行されている。

えーえんとくちからえーえんとくちから永遠解く力を下さい

笹井宏之

一瞬、何が書いてあるのか、わからない。だが、「えーえんとくちからえーえんとくちから」をじっとみていると「エーエンと口から」が浮かび上がってくる。そうか、誰かが泣いているんだ。ところが、下句に「永遠解く力」とある。あれ、これはただ泣いているだけじゃないぞ、と気づかされる。「えーえんとくちから」の意味が二重になっているらしい。「エーエンと口から」という手放しの悲しみのなかに「永遠解く力」への願いが隠されている。作者は二十六歳で亡くなってしまったのだが、生前、身動きが難しいような病気だったらしい。この歌のどこにもそんな個人事情は書かれていない。けれど、ユーモラスにもみえる言葉のなかに強い祈りが込められていることはわかる。作中の「永遠」とは運命の別名かもしれない。

永遠と書かれた横に置かれいる〈とは〉のようなる父の眼鏡は

吉野裕之

「眼鏡」が「とは」というルビであるなら、では「父」は「永遠」なのだろうか。その答は書かれていない。「父は永遠に悲壮である」とは萩原朔太郎の言葉だが、現代においては「父」は「眼鏡」だけを残してどこかへ消えてしまったのかもしれない。引用歌自体は新仮名遣いで書かれているにも拘わらず、ルビだけが「とわ」でなく「とは」と旧仮名になっているのはその証ではないか。

いつかみたうなぎ屋の甕のたれなどを、永遠的なものの例として

穂村　弘

江戸時代からの秘伝の「たれ」を今も継ぎ足しながら使っている。そんな「うなぎ屋の甕」をみたことがある。覗き込むと、なかに充ちているのは時間そのもののようだ。そのシステムをずっと続けてゆけば、限りなく「永遠」に近づいてゆくんじゃないか。眩しく澄んだイメージのある「永遠」だが、ここではどろどろの暗い「たれ」のなかにそれをみている。

平仮名の歌

平仮名表記の歌というものがある。会津八一のように作品のほとんどを平仮名で書いた歌人がいるし、他にも村木道彦や今橋愛などがこの表記の遣い手として思い浮かぶ。一般に平仮名を多用することから生まれる効果には、読者の意識を言葉の意味よりも音に向けさせる、ひとつひとつの言葉の上に心を留める時間を延ばす、などが考えられる。

さよふけてかどゆくひとのからかさにゆきふるおとのさびしくもあるか　　会津八一

この表記によって「からかさにゆきふるおと」がしみじみと心に甦る。これが「唐傘に雪降る音」では全く印象が異なってしまう。視覚情報としての伝達効率は増すが、それによって聴覚や触覚の働きが封じられてしまうのだ。作者の平仮名表記からは思いの純度の高さといったものを感受することができる。

するだろう　ぼくをすてたるものがたりマシュマロくちにほおばりながら
村木道彦

作者の代表歌である。自分を捨てた女性の姿を思い描くというどこか屈折したナルシシズム。でありながら、平仮名表記及び「する」「だろ」「たる」「たり」「マロ」「ばり」「がら」というラ行音の連鎖によって作中世界はどこまでも柔らかい。あれほど柔らかい「マシュマロ」がその片仮名表記によって相対的には硬くみえるほどだ。

もちあげたりもどされたりするふともももがみえる
せんぷうき
強でまわってる
今橋　愛

前にも引用した歌だが、平仮名に囲まれたこの「強」も本当に「強」くみえる。奇妙に他人事めいた目で性愛の光景が詠われている。ここでの平仮名表記は、男の手で操作される「ふともも」を自分から切り離されたモノのように捉える離人感覚とも結びついているようだ。

ねじをゆるめるすれすれにゆるめるとねじはほとんどねじでなくなる　小林久美子

現実的には限りなくどうでもいい内容だが、「ねじ」としての役割を果たせなくなることを「ねじでなくなる」と断定したところが面白い。平仮名表記の効果によって言葉の心理的な滞空時間が延びることで、哲学的なニュアンスを帯びているようにもみえる。「ねじ」について詠いつつ、それ以上の真理を語っているような気がしてくるのだ。「ゆる」「める」「すれ」「すれ」「ゆる」「める」「なる」というラ行音の連鎖が前掲の村木作品にも共通する。

なぐるおやけるおところのいないことひとりぼっちでねむるしあわせ　　つきの

五七五七七で区切って読めば、「なぐるおや／けるおところの／いないこと／ひとりぼっちで／ねむるしあわせ」となって誤読の余地はない。だが、平仮名の文字の連なりとしてみるとき、本来は存在しない筈の「やけるおと」や「こら」なども浮上してくる。怒られて心の焼ける音が意識下に響く。「ひとりぼっちでねむる」には、一般的には不幸と見なされるようなイメージがあるが、ここでは「しあわせ」として捉えられている。平仮名表記が、安心して子供に帰れるような、いわばゼロ地点の幸福を感じさせる効果を上げている。

やまのこのはこぞうというだいめいはひらがなすぎてわからなかった　　やすたけまり

この表記が「ひらがなすぎてわからなかった」という内容と連動しているのは明らかだろう。わからなさを読者に追体験させる意図があるのだ。だが、作者自身が本当に幼い〈私〉に戻っているわけではない。幾つかの点からそのことがみえてくる。第一に、書名であるらしい「やまのこのはこぞう」が括弧にも二重括弧にも入っていない。これは読者をより混乱させるためだろう。次に、この歌を五七五七七で切って読もうとすると「やまのこの／はこぞうという／だいめいは／ひらがなすぎて／わからなかった」となって「山の子のハコゾウ？」と思ってしまう。定型の句切れ自体が、正解と思われる「山の木の葉小僧」への到達を妨げる仕掛けになっているのだ。表記とリズムの両面から読み取れるこの緻密な配慮は、作中の〈私〉が何もわからない子供ではないことを感じさせる。

ねたらだめこんなところでしんじゃだめはやぶさいっしょにちきゅうにかえろう　　田中弥生

「ちきゅうにかえろう」とあることから、小惑星探査機「はやぶさ」への呼び掛けと思われる。暗黒の彼方で使命を果たそうとする「はやぶさ」に肉声は届かない。だが、平仮名表記が、この不可能を可能にするための幻めいた声のニュアンスを一首に与えている。宇宙空間に響く魂の声が鳥の名前をもつ機械に命を吹き込んだ。

漢字の歌

「平仮名の歌」に続いて、「漢字の歌」について考えてみたい。現代短歌のセオリーのひとつに、漢字にするか仮名にするか迷ったら仮名にひらけ、というものがある。漢字使用によって生まれる意味の伝達効率の良さが、韻律を軸とした表現の多義性を求める短歌においてはマイナスに働くことが多いからだ。逆にいうと、一首の中で漢字を多用する場合には相応の理由があることになる。

自衛隊青年将校立像と積乱雲と——われはゆめみき　村木道彦

漢字の羅列が不穏な感覚を生み出している。ところが、そこから一転して結句に「われはゆめみき」と平仮名が置かれる。この目眩くような落差から、一首の背後にあるものが現実的政治的な思想などではなく、詩的な甘美さの希求であることが読み取れる。「自衛隊青年将校立像」も「積乱雲」も、「われ」の「ゆめ」への捧げ物に過ぎないのだろう。一九六〇年代から七〇年代にかけての政治的な時代状況の中で、敢えて「ノンポリティカル・ペーソス」を主張した作者らしい作品だ。

電信隊浄水池《じやうすゐち》女子大学刑務所射撃場塹壕赤羽《ざんがうあかばね》の鉄橋隅田《すみだ》川《がは》品川湾

斎藤茂吉

一九二九年十一月二十八日、「四歌人の空中競詠」という企画に参加した作者は、東京朝日新聞社の飛行機で東京上空を飛んだ。掲出歌はその体験に基づく飛行詠である。空から見下ろした景色を名詞に置き換えたことで、日常の風景とは異なる視界の表現に臨場感が宿った。新しい体験に見合った新しい表現を、という思いがあったとしても、なかなかうまくいかないのが普通だが、さすがというべきだろうか。漢字の中にひとつだけ挟み込まれた「の」が現実の手触りを支える効果を上げている。

ちなみに他の同乗者の作品は次のようなものだった。

自然がずんずん体《からだ》のなかを通過する——山、山、山　前田夕暮
上舵、上舵、上舵ばかりとつてゐるぞ、あふむけに無限の空へ　土岐善麿
大地の誘惑、二千メートルを心ましぐらに墜落す　吉植庄亮

飛行体験を言語化するにあたって茂吉を含む全員が五七五七七の定型から自由になる必要性を感じていたようだ。「四歌人による飛行詠は自由律の迫力を広く知らしめる役割を果たした。それが昭和四年の飛行詠の短歌史的な意義である」と三枝昻之は『昭和短歌の精神史』（角川学芸出版）の中で述べている。

原子爆彈官許製造工場主母堂推薦附避姙藥　塚本邦雄

同じ漢字の歌でも、現実の手触りをもった茂吉の作とは異なって、こちらはどこかパズルのような印象がある。「原子爆彈」から始まって「避姙藥」まで、ドミノ倒しのように言葉の修飾が重なってゆく構造となっていて、最後まで読むと、読者は思いがけないところに運ばれてしまう。それは「母堂」自身がこの「避姙藥」を使っていれば「工場主」が生まれることもなく「原子爆彈」は「製造」されなかった、というアイロニーの世界だ。人類全体への呪詛

とも被《かぶ》るような重いテーマを、重い漢字の羅列によって描きながら、奇妙にコミカルな味わいを示した珍しい歌である。「官許」という表現の痛烈さも見逃せない。

北浦和　南浦和　西浦和　東浦和　武蔵浦和　中浦和と無冠の浦和

沖ななも

実在の駅名尽くしの歌。どうして「浦和」にはこんなに種類があるのだろう。利用者は逆に混乱するんじゃないか。特に「中浦和」と「浦和」って位置関係が謎。そのうちに北東浦和とか南南西浦和とかできそうな勢いだ。そんな庶民の実感を短歌にしてしまったところが面白い。もっとも偉い（？）筈の元祖「浦和」が「無冠の」と呼ばれているところもポイント。

繰り返しの歌

五七五七七の定型詩である短歌は、リフレインや対句といった繰り返しの表現と相性がいい。それによって散文的な意味以上の何かを生み出すことができる。しかし、実作における意図と使用法と効果にはさまざまな違いがある。

あかあかやあかあかあかやあかあかやあかあかあかやあかあかや月　明恵

もっとも激しく繰り返しているのは、たぶんこの歌。「月」の明るさが感嘆の声となって溢れているようだ。しかし、これが最高度の明るさの表現とは限らない。例えば、実際には「月」よりもさらに明るい筈の太陽には、この繰り返しは適さないだろう。視覚的に存分に味わっているような「あかあかや」からは、直視可能な「月」ならではの明るさが感じられる。

はつ雪の朝ランドセルの子供らの手に手に手に手に手に雪の玉

梨澤亜弓

「手に手に手に手に手に」というクローズアップ的な繰り返しが、鮮烈な印象を生み出している。その背後には「はつ雪」で「子供」だからこそのテンションの高さがあるのだろう。また登校中であることを示す「ランドセル」が、その「手」がどこまでも続くことを教えてくれる。

ひまはりのアンダルシアはとほけれどとほけれどアンダルシアのひまはり

永井陽子

閉ざされた定型空間の真ん中に一枚の鏡を立てたような不思議な作りになっている。その構造によって、一対の「ひまはり」「アンダルシア」「とほけれど」が互いの姿を映し合い、どこまでも乱反射してゆく。結果的に「アンダルシア」の遠さが無限のものになり、「ひまはり」の眩しさは永遠に近づく。

アラン・ドロンの眉間の皺はうつくしく眉間の皺のアラン・ドロンよ
加藤治郎

永井の「アンダルシアのひまはり」の本歌取りめいた一首。こちらはどこかユーモラスだが、確かに往年の「アラン・ドロン」の「眉間の皺」は美しかった。「あらん」「どろん」「みけん」という「ん」で終わる音の繰り返しが韻律上の効果を生んでいる。

好きだった雨、雨だったあのころの日々、あのころの日々だった君
枡野浩一

言葉の繰り返しから尻取り的に世界が展開されてゆく。その過程をダルマ落としにすれば、好きだった君、というワンフレーズに集約されてしまう。そのシンプルさが魅力。最も多く繰り返されているのは「だった」であり、これは過去形の歌とも云えそうだ。

エレベーターガール専用エレベーターガール専用エレベーターガール

穂村　弘

繰り返しによって世界がどんどん煮詰められてゆく。「エレベーターガール」専用の「エレベーター」で一人働く「エレベーターガール」専用の「エレベーター」で一人働く「エレベーターガール」、つまり、男の中の男的な意味でのエレベーターガールの中のエレベーターガールが表現されている。そんな彼女は途轍もなくエレガントで、手袋は完璧な真珠色なのだろう。

「鵙《もず》は『ガリア人が(円都は〈滅びた〉と言った)と言った』と言った」

吉川宏志

こちらは世界の中の世界の中の世界の中の世界という風に、どんどんシフトしてゆき、後半それが解けるように元の次元に戻ってくる。その過程に奇妙な快感がある。「『(〈〉)』」の記号を使って世界の階層を表しているところがユニーク。

祖父なんばん　祖母トンガラシ　父七味　母鷹の爪　兄辛いやつ

課踵

一見すると何も繰り返されていないようにみえる。しかし、ここでは同じものの異名が繰り返されているのだ。それも家族のひとりひとりによって対象物の呼び方が違っているという形で。「祖父」はそれを「なんばん」と呼び、「祖母」は「トンガラシ」と呼ぶ。以下続いて最後の「兄辛いやつ」という馬鹿っぽさが可愛い。もうひとつのポイントは〈私〉が出てこないこと。一体なんと呼んでいるんだろう。

落ちているものの歌

今回は道や床などに落ちているものの歌について考えてみたい。歌の中には、実にいろいろなものが落ちている。なかでもいちばん多く出てくるのは手袋じゃないか、と思う。実際に町中でよく見かけるし、そのたびにどきっとする。どこか生き物っぽくて、車に轢かれていたり、残された片方のことを思わせたり、歌を生み出すきっかけになるのもよくわかる。

日曜の幼稚園の庭に落ちてゐしうさぎのてぶくろの右のはかなさ　　小池　光

手袋の片方だけが落ちている何か不思議な決りのように　　黒沢　竜

軍手ひとつ　横断歩道に落ちている　右か左か考えてみる
吉野裕之

軍手といふ無様《ぶざま》なものは惜しげなく使ひ捨てられ道に轢かるる
斎藤　史

斎藤作品に見られる調子の厳しさは、或いは「軍手」＝「軍用手袋」という点に関わっているのかもしれない。
他にはどんなものが落ちているだろう。

プリクラのシールになつて落ちてゐるむすめを見たり風吹く畳に
花山多佳子

掃除でもしていて発見したのか。「むすめ」の「プリクラ」ではなく、「プリクラのシールになつて落ちてゐるむすめ」という云い方をしたところがうまい。これによって生身の「むすめ」が魂ごとしゅーっと吸い込まれてしまったような感覚が生まれている。早く拾わないと、そのまま「風」に飛ばされてどこかにいってしまいそうだ。

花山作品は現代的な歌に見えるが、遡ればこんなのもある。

引越しの朝の足もとに落ちてゐぬ、
女の写真！
忘れゐし写真！
石川啄木

それから落ちているものが食べ物というパターンがある。

ぼうぼうとけぶれるはるを階段に紅しょうが一片《ひとつ》おちいたるのみ
村木道彦

「階段に紅しょうが」とは意表をつかれる。現実の光景としてはありそうなのに、そのまま短歌の中に持ち込まれることは珍しい。「手袋」は見逃さない目も「紅しょうが」はスルーしてしまう。一種の盲点のようになっているのは、詩的な象徴性を帯びにくいからだろう。だからこそ、一首の中で意外性が生々しい臨場感に変化する。なんとなく「はる」だなあ、という実感を誘うところもいい。春が「紅しょうが」なら、では夏に落ちているものは何だろう。

うめぼしのたねおかれたるみずいろのベンチがあれば　しずかなる夏　　村木道彦

というわけで「うめぼしのたね」。誰かが「ベンチ」でお握りでも食べたのだろうか。「たね」とは生命の起源でありながら、同時にこの場合は単なるゴミでもある。そんな不思議な存在感が生かされている。

ソフトクリームの上半身が落ちている道　君は今どうしてる?　　つきの

「上半身」という表現が面白い。「ソフトクリーム」の場合、「上半身」と下半身ではずいぶん価値がちがう。その光景から「君は今どうしてる?」への転じ方が魅力的。唐突に見えて、わかる気がする。この「道」は〈私〉がかつて使っていた通学路なのだろう。今も昔もはしゃぎながら歩く学生たちが、そこに「アイスクリーム」を零してしまう。落ちている「上半身」を久しぶりに発見したことで、〈私〉の中に友達と食べ歩きをしていた青春の記憶が甦った。或いは、現在の〈私〉は手の中に残された「ソフトクリーム」の下半身のような日々を送っているのかもしれない。

雨の県道あるいてゆけばなんでしょうぶちまけられてこれはのり弁
斉藤斎藤

一読して、なにやら凄まじい印象を受ける。荒涼とした詩情というのか。「雨の県道」に「ぶちまけられて」いるという状況も勿論そうだが、「なんでしょう」と云いつつ、そんな状態でも、「これはのり弁」とちゃんとわかってしまうところがポイントになっている。何弁だかわからないほどぐちゃぐちゃの方がまだ救いがある、とはおかしな云い方かもしれないが、少なくともその場合この異様さは出ないいんじゃないか。

デジタルな歌

究極のアナログ言語たる短歌の中にデジタルな表現が織り込まれることがある。それによって独特の面白さが作り出されている例を見てみよう。

六つ切りの一切り半は八つ切りの二切りと同じ　朝食はパン

大森正道

どうしてこれを歌にしようと思ったのだろう。思わず計算してしまう。「六つ切りの一切り半」＝一斤の四分の一＝「八つ切りの二切り」、うん、合ってる。だからどうということが全くないところが面白い。

四〇〇字弱のメールに「酔っぱらっちゃって」と五回書いて送信

山川藍天

翌日にでも自らが「送信」した「メール」を確認したのだろうか。「メール」の相手にわざわざ断るまでもなく、「五回」書いたこと自体が「酔っぱらっちゃって」る証になっている。奇妙に明確な表現によって自らの混濁した状態を示すというギャップの妙。

十といふところに段のある如き錯覚持ちて九十一となる　　土屋文明

「錯覚」なのである。そうわかっていても、捉えがたい生命というものを把握するために我々はついデジタルな数値に頼ってしまう。以前、或る人が九十九歳で亡くなったという話をきいたとき、反射的に「惜しかったな。もうちょっとで百歳だったのに」と思ってしまった。それから慌てて反省。ちなみに引用歌の作者である土屋文明は一九九〇年に百歳で亡くなった。

173㎝51㎏の男憎めば星の匂いよ　　山咲キョウコ

「173㎝51㎏の」というデジタルな情報の提示が、逆に一人の「男」の把握困難性を浮かび上がらせる。その条件に当てはまる「男」は世界中に何万人いるかわからない。でも、ノープロブレムだ。「星の匂い」を嗅ぎ分けることができるように、〈私〉の心の中にはただ一人の「男」の相貌が宿っているのだから。

小さき石から始めけり薄氷を破る大きさ見つけむとして　丹羽利一

「薄氷」はどこで破れるだろうという疑問。それを「石」の「大きさ」で測ろうとする試行。目の前に存在する世界への人間のアプローチが描かれている。他愛ない遊びの中に、人類を進化させた根本的要因が潜んでいるように思えるのだ。

六面のうち三面を吾にみせバスは過ぎたり粉雪のなか　光森裕樹

「六面」と云われれば確かにその通りだが、日常生活において我々が「バス」を「六面」体と意識することは殆どない。五七五七七の中で敢えてそのように捉え直すことで、「バス」は日常の重力から切りはなされて別次元の存在感を帯びる。例えば、神の積み木のような。「粉雪のなか」がその異化感覚をさらに強める効果を上げている。

日常の抽象化によって神の視点を感じさせる作品をもう一首挙げてみよう。

三角形《さんかく》の一辺は二辺より短かしと炎天の近道玉の汗あり　大建雄志郎

斜めに「近道」を通っているという、ただそれだけの歌だが、「三角形の一辺は二辺より短かし」という表現がユニーク。「玉の汗」をかきながら懸命に歩いている自らを、同時に神の視点で見下ろしているようだ。

午前2時裸で便座を感じてる　明日でイエスは2010才　直

徒手空拳の魅力をたたえたクリスマスの歌。「裸で便座」から「明日でイエスは」への飛躍が素晴らしい。この間に「生きていれば」という言葉が隠されている。作者はこのとき十七歳の女性だが、それを知らなくても、一首からは青春の闇と光を感じることができる。

『潮騒』のページナンバーいずれかが我の死の年あらわしており

大滝和子

この歌に初めて出会ったときの衝撃は忘れがたい。当然の事実を余りにも思いがけない角度から突きつけられて混乱した。どの本にも置き換え可能に見えつつ、「『潮騒』」の無限感覚の中の「ナンバー」であることが効いている。

動植物に呼びかける歌

動物や植物に話しかける歌というものがある。「名にし負はばいざこと問はむ都鳥わが思ふ人はありやなしやと」（在原業平）や「こちふかば匂ひおこせよ梅の花あるじなしとて春をわするな」（菅原道真）などの和歌が知られているが、現代短歌の場合には、動植物に向けて真っ直ぐに思いを述べるというよりも、会話とも独り言とも異なる発語に独特の味わいが宿っている例が多い。

かゆいとこありまひぇんか、といひながら猫の頭を撫でてをりたり　小池　光

「おかゆいところはございませんか」とは美容院における洗髪時の決まり文句。或る時期から急速に一般化した印象があるが、そう云われても反応に困ることが多い。作中の〈私〉が「猫の頭」を撫でながら、この文句を呟いている

ところが面白い。しかも「かゆいとこありまひぇんか」って云い方が微妙に変。人としての魂が抜けたような問いかけに可笑しみと安らぎが入り交じって、日常のエアポケットのような時間が浮上する。

あかねさす昼の光に恥思《はぢも》へや蝙蝠よなんぢの顔はみにくし　　前川佐美雄

こちらも「蝙蝠《こうもり》」に対して凄いことを云っている。「なんぢの顔はみにくし」という断言。そんな「なんぢ」は夜の闇の中に潜んでいるのが相応しいということか。「あかねさす」から「みにくし」への落差にくらくらする。或いは、〈私〉の自意識に繋がる感覚か。

目のまへの売犬《ばいけん》の小さきものどもよ生長《せいちやう》ののちは賢《かしこ》くなれよ　　斎藤茂吉

一転して小さな「犬」たちへの好意的な呼び掛けである。しかし、これはこれでどこかたがの外れた印象がある。「生長ののちは賢くなれよ」という糞真面目さが妙に可笑しい。「目のまへの」という初句の念押しも謎だが、「売犬の小さきものども」も普通は単に「子犬」と云ってしまいそうなところだ。しかし、この物々しさが結句の「賢くなれよ」と照応している。

しゃぼん玉五月の空を高々と行きにけり蚯蚓《みみず》よ君も行き給え

佐佐木幸綱

「蚯蚓よ」の呼び掛けに驚く。「しゃぼん玉」のように空を飛ぶことを勧めているのか。それとも、自分の道である地中を進めということだろうか。両者のギャップがシュールでありつつ、一首がばらばらになっていないのは、「しゃぼん玉」と「蚯蚓」の間に〈私〉がいて、自らの道を行かねばならぬ宿命を共有しているからだろう。

次に植物に呼び掛ける歌を挙げてみる。

お軽、小春、お初、お半と呼んでみる　ちひさいちひさい顔の白梅

米川千嘉子

「お軽、小春、お初、お半」とは浄瑠璃の心中物の女主人公らしい。その人形の「顔」が目の前の「白梅」と重なったのだろう。「白梅」の小ささ、軽さ、可憐さの背後に、女の運命の激しさや悲しみが隠されている。

名を呼ぶといえば、同じ作者の初期作品に次の一首があった。

名を呼ばれしもののごとくにやはらかく朴の大樹も星も動きぬ　　米川千嘉子

描かれた世界のなんという大きさ、そして柔らかさだろう。現実の景としては、ただ風に樹が揺れているだけ。或いは、揺れているのは〈私〉の方かもしれない。それを「名を呼ばれしもののごとくに」と捉えたことで世界に命が宿った。そこでは人も動物も虫も花も樹も星も、全てが息づくように響き合っている。

我の歌

現代短歌の中には特異点めいたモチーフがふたつあると思う。ひとつは歌の歌。短歌そのものについて詠ったメタ的な構造の作品である。もうひとつは我の歌。私小説という言葉があるが、近代以降の短歌は少数の例外を除いて基本的に全てが私短歌なのだ。普通に書けば我が主語だと思われる一人称の詩型。その中で敢えて我そのものについて詠おうとするとき、作品は独特の表情を示すことになる。

そのような意味での我の歌を見てみよう。

僕は今一人千役こなしつつ僕の二代目オーディション中　渡辺崇晴

「僕の二代目オーディション中」が面白い。首尾良く「二代目」が見つかったら、初代はどこへゆくのだろう。ただ一役をこなすだけでいい素顔の「僕」に戻って、のびのびと暮らすのかもしれない。私は昔観ていた子供向けのドラマを思い出した。主人公役の少年が何かの事情で途中交代したのである。初代の最後の回に彼自身が二代目を紹介した。「皆さん、今までありがとう。来週からはこの子が『僕』です。新しい『僕』をよろしくね」。それを観て、なんとも不思議な気持ちになった。もっとも、新しい「僕」にもすぐに馴染んで、以前の「僕」はどうなったんだろうと思うこともなかったのだけど。

きみに逢う以前のぼくに遭いたくて海へのバスに揺られていたり

永田和宏

こちらは未来の僕ではなくて、過去の「ぼく」が出てくる一首。「海」には「きみに逢う以前」の、一人の思い出があるのだろうか。だが、本当に過去の「ぼく」に遭うには「バス」ではなくてタイムマシンに乗る必要がある。つまり「きみに逢う以前のぼく」に遭うことはもうできない。その不可能性こそが「きみ」という存在の重さを裏返しに証しているのだ。

めざめれば又もや大滝和子にてハーブの鉢に水ふかくやる　大滝和子

自らのフルネームを詠み込んだ一首。「めざめれば又もや大滝和子にて」という捉え方が新鮮だ。目覚めるたびにさまざまなものに生まれ変わっている筈という感覚に意表を突かれながら、しかし、何故か納得してしまう。我とは決して固定的な存在ではなく、偶然性の要素を含んだダイナミックな現象だということを直観させられる。作中ではさらに「ハーブの鉢に水ふかくやる」という完全な主観視点への移行が示されている。どこか痺れるような感覚を伴うこの意識の流れこそが「大滝和子」が我に同化する過程なのだろう。

名前入りの歌をもう一首。

通用門いでて岡井隆氏がおもむろにわれにもどる身ぶるひ　岡井　隆

職業人としての「岡井隆氏」が個人である「われ」に戻る瞬間を詠っている。「岡井隆氏」と「われ」の間には実は大きなギャップがある。そのズレがチューニングされるからこその「身ぶるひ」だろう。物理的な場所であると同時に両者の境界を示す「通用門」という言葉の選び方が巧みである。

さらにこんなのもある。

野口あや子。あだ名「極道」ハンカチを口に咥えて手を洗いたり　野口あや子

やはり自らの名前が詠み込まれている。作者は二十代前半の女性である。「ハンカチを口に咥えて手を洗いたり」は若い女性の動作そのものであり、どこがどう「極道」なのかわからないのだ。逆に云えば、「野口あや子」にはここから「あだ名」が「極道」でありながら、以下の描写は全くそれらしくない。「ハンは読み取ることのできない「極道」性が秘められていることになる。前掲の「大滝和子」や「岡井隆氏」が一首の最後には我と同化しているのに対して、この歌にはそうしたニュアンスがない。「野口あや子」という名前の友達を描いているようにも見える。だが、作者名を見ればまさに我。なんとも云えない面白さが滲んでくる。

祖父・父・我・我・息子・孫、唱うれば「我」という語の思わぬ軽さ　佐佐木幸綱

自分自身の内側から世界を見ている限り、視点たる「我」は限りなく重い存在である。だが、「我」を離れた上空から血脈の時間軸を眺め直すとき、そこに「意外な軽さ」を発見したのだろう。個としての自分にとっては「我」が全て、しかし、家にとって、或いは種にとっては、必ずしもそうではない。近代歌人佐佐木信綱の孫として生まれた作者のスタンスを思えば、そのことが一層リアルに感じられる。佐佐木家という歌の家に生を受けた男は、代々その名に「綱」の一文字を受け継いでいる。作者である幸綱もまた駅伝の襷ならぬ「綱」を背負って走るランナーの一人なのだ。

会社の人の歌

短歌の中に会社の人が出てきたとき、高い確率で面白い作品になっているような気がする。私は日経新聞の短歌欄の選者をしているのだが、流石にというべきか、その題材の秀作が沢山送られてくる。今回の引用作品は主にその欄の投稿歌から。

オレの名は「野田さん」じゃない、「部長」だと若手社員に怒鳴りたる人　清水良郎

ここまで徹底すれば「部長」が偉い人に思えてくる。短歌として見ると、なんといっても初句の「オレの名は」が効いている。この歌が仮に次のようだったらどうだろう。

会社では「野田さん」じゃない、「部長」だと若手社員に怒鳴りたる人

〈改悪例〉

全く面白くない。これでは「若手社員」への単なる教育的指導の域に留まってしまう。「オレの名は」まで踏み込むことによって初めて狂ったパッションが詩の扉を開くことを可能にしたのだ。

北風をきって浣腸買いに行くこれも仕事のひとつ秘書なり　安西洋子

「浣腸」の意外性、さらに「秘書」とのギャップに惹かれる。現実に体ごと突入してゆくことで摑んだポエジーというか、頭の中の想像だけでは書くのが難しいタイプの歌である。社長が便秘による腹痛で倒れてしまった。その日の午後には重要な商談があり、一刻も早く事態を解消しなくてはならない。会社の存亡を懸けた任務を帯びて「北風」の中をひとり急ぐ。だって〈私〉は「秘書」なのだから。そんな場面を思い浮かべる。まさかプレイ用ということはあるまい。これが仮に次のようだったらどうか。

北風をきって胃薬買いに行くこれも仕事のひとつ秘書なり　〈改悪例〉

普通になってしまった。作中の「仕事」が「秘書」らしさから遠ざかるほど、逆に会社という場所の奥深さが浮上して、歌として面白くなるのだ。原作の「きたかぜをきってかんちょうかいにいくこれも」と続くカ行音も効果を上げている。

ＵＦＯが現れたとき専務だけ「友達だよ」と右手を振った　須田　覚

思わず笑ってしまったが、同時に奇妙な感動を覚える。これが仮に次のようだったらどうか。

ＵＦＯが現れたとき主任だけ「友達だよ」と右手を振った　〈改悪例1〉

ＵＦＯが現れたとき詩人だけ「友達だよ」と右手を振った　〈改悪例2〉

原作＞改悪例1＞改悪例2の順に魅力が減っている。手を振る人間が会社から離れれば離れるほど面白さが消えてしまう。原作の「専務」がポイントなのだ。「専務」は「主任」や「詩人」よりも「会社」の中枢に近く、つまり「UFO」からの距離が遠いからこそ、「友達だよ」の意外性が光る。

わたくしはけふも会社へまゐります一匹たりとも猫は踏まずに　本多真弓

「一匹たりとも猫は踏まずに」という奇妙な下句によって、「会社」的日常の裏側にもうひとつの世界が張りついていることに気づかされる。

わたくしはけふも会社へまゐります一度たりとも海へ行かずに　〈改悪例1〉

わたくしはけふも会社へまゐります一人たりとも好きにならずに　〈改悪例2〉

これらは歌としては良くない。だが、「わたくし」の裡にはこのような声が確かに犇《ひし》めいているのだろう。それらをそのまま書かずに「一匹たりとも猫は踏まずに」にまで変換したことによって、反「会社」的なもうひとつの世界が詩の次元に到達した。

最後に会社の外側から「会社の人」を見た作品を挙げてみる。

三十歳職歴なしと告げたとき面接官のはるかな吐息　虫武一俊

「はるかな吐息」がいい。なかなかこうは書けないと思う。普通は例えば次のようになってしまうんじゃないか。

三十歳職歴なしと告げたとき面接官のかすかな溜息　〈改悪例1〉

三十歳職歴なしと告げたとき面接官のひそかな苦笑　〈改悪例2〉

現実的に考えるとこの方が自然な表現だ。でも、何かが足りない。これらの改悪例では「面接官」と〈私〉とがまだ同一次元上に存在している。結句を「はるかな吐息」としたことで両者の関係に異次元のネジレが与えられた。

〈私〉にとっての会社という場所が接近不可能なほど「はるかな」世界であることが明らかにされたのだ。

時計の歌

以前「売りにゆく柱時計がふいに鳴る横抱きにして枯野ゆくとき」（寺山修司）や「宥《ゆる》されてわれは生みたし　硝子・貝・時計のやうに響きあふ子ら」（水原紫苑）を紹介したが、時計の歌は数多くある。時間を示すという特性から他のモノに較べて象徴性を帯びやすいのが詠われる理由であり、同時に難しいところでもある。また腕時計、置時計、掛時計、柱時計、砂時計、鳩時計、枕時計、日時計、花時計、腹時計など、種類の多さによる内容のバリエーションも見所になる。

作品を見てみよう。

砂時計のなかを流れているものはすべてこまかい砂時計である　　笹井宏之

もしもこの歌が次のようだったらどうか。

砂時計のなかを流れているものはすべてこまかい砂である　〈改悪例〉

これでは事実をそのまま述べただけだ。内容は間違いではないが、短歌としての価値には乏しい（当たり前過ぎてなにやら可笑しいと云えなくもないが）。逆に云うと、この当たり前の文章に「時計」の二文字を付け加えただけで、突然シュールな世界が現れたことになる。「砂時計のなかを流れているもの」に、顔を近づけて見たら、なんとそのひとつひとつが小さな砂時計ではないか。それを拡大してみると、そのなかを流れるものも極小の砂時計であることが判明。さらにそのなかのひとつひとつもまた……、閉ざされた砂時計のなかには実は無限に続く世界があったのだ。くらくらするが、しかし、このシュールさは現に生きている我々の時間感覚とどこかで結びついているようでもある。たったひとつの時間が規則正しく直線的に流れている、とはどうしても思えないことがある。

進行性不治難病と告げられて何処に在りてもわれは〈時計〉か

山口健二

「進行性不治難病」と告げられたことによって、死へ向かう時の流れが強く意識されたのだろう。その運命からは「何処に在りても」逃れられない。ぎりぎりの実感が詩性に結びついた「われは〈時計〉か」に胸を打たれる。だが、本当のところは万人が生きた時計なのだ。日常的な意識においてはその事実が隠蔽されているだけで、「進行性不治難病」とはそのまま生の別名とも云える。客観時間を示す時計は無数にあれど、命を懸けた主観時間を刻む時計は唯「われ」あるのみ。今も鼓動という秒針音を響かせている。

洗濯機の
レンジの
ビデオデッキの
デジタルの時間少しずつずれてる

もりまりこ

複数の時計たちの示す時間が「少しずつずれてる」ことは珍しくない。針の角度で示すアナログ表示よりも数字によるデジタル表示の方が、そのばらばら感は一層強まる。引用歌では、独特の改行表記によってこの感覚が表現されている。もちろん愉快な状況ではない。周囲の客観時間がばらばらであることによって、その中心にいる「われ」という〈時計〉が狂いそうになるのである。

なぜにかく男子《をのこ》ばかりが押し合へる　時計修理承りどころ　葛原妙子

「時計修理」の窓口に「男子」ばかりが群がっている。そんな日常の光景が詠われている。だが、作者の重厚な文体にのせられることで奇妙なニュアンスが生まれた。それは男女の性差という摂理の感受。さらには造物主への問い掛け。神よ、何故あなたは男というものをそのようにお作りになったのですか。単なる時計売場ではなく「修理承りどころ」まで踏み込んだところがポイントだろう。女子も時計は買う。デザインには拘るかもしれない。しかし、そのメカニズムに意識が向かうのは「男子」の方だ。

父よ父よなどて舎監の前にしてかのとき銀の時計を捲きし　宮沢賢治

こちらは懐中時計だろう。宮沢賢治の少年期の作。高価な「銀の時計」を誇示するかのような振る舞いについて「父」を問い詰めている。実際には「父」は何気なく捲いただけかもしれないのだが、作者の潔癖な性格が伝わってくる。と同時に、「父よ父よ」の呼び掛けの強さによって、「かのとき銀の時計を捲きし」が葛原作品に通じる象徴性を帯びているようにも見える。それは、かのとき銀河の時計を捲いた神への問い掛け、とは作者を意識しすぎた読みになるだろうか。

ただ、時計が宇宙や神のイメージと結びつきやすいのは当然とも云える。それがもともと天体の運行をモデルにして作られた機械的小宇宙だからである。

はろかなる星の座《ざ》に咲く花ありと昼日なか時計の機械覗くも　前川佐美雄

「時計の機械」の精密さに遥かな星々の姿を重ねている。神の真似事めいた行為によって得られた視界に開くのは宇宙創成の「花」かもしれない。望遠鏡では見ることのできないもうひとつの世界である。

唐突な読点

「愛なんていらねえよ、夏」というドラマのタイトルを見て、面白いなと思った。ポイントは「、夏」だ。昔から「なんとなく、クリスタル」などはあったが、ちょっと印象が違っている。ここから「、クリスタル」を取ると「なんとなく」しか残らない。だが、「愛なんていらねえよ、夏」から「、夏」を取っても「愛なんていらねえよ」は一つのメッセージとして成立している。云いたいこと（「愛なんていらねえよ」）を云い終えた後の唐突な読点（「、」）プラス付け足し（「夏」）というパターン。付け足しと云いつつ、その部分が意外なニュアンスを生み出している。同様の構造をもった短歌も存在する。

髪の毛と目の色「黒」と書かれいるまでを見ている学生課、なつ　　山崎聡子不思議なシチュエーションに思えるが、「学生課」という言葉から想像するに、留学の手続きだろう。「黒」と書かれたまさにその「目」が、目の前の文字を「見ている」ところに独特の感覚が宿る。その二重性が唐突な「、夏」ならぬ「、なつ」の透明感と響き合っているようだ。

約束を残したまま終わっていくような別れがいいな、月光　杉田菜穂

この「、月光」も予測できない。しかし、「約束を残したまま終わっていくような別れがいいな」という独白の、単なる背景という以上の存在感を持っている。言葉を発した〈私〉の姿が消えて、月の光だけが辺りに残っているようだな。

牡蠣フライ家で揚げると熱々でいつも誰かが火傷する、口　岸本恭子

意味は通っているのだが、最後の「、口」にびっくりする。なんとなく笑ってしまう。もしも、これが次のようだったらどうか。

牡蠣フライ家で揚げると熱々でいつも誰かが口を火傷する　〈改悪例〉

普通になってしまう。付け足された「、口」の唐突さが、奇妙な緊迫感と可笑しさを作り出しているのだ。

縁石に乗り上げながら心から私は右へ曲がりたし、今　石川美南

運転中の実感だろう。ささやかで、けれど生々しい〈私〉の窮地がユーモラス。これが次のようだったらどうか。

縁石に乗り上げながら心から私は右へ今曲がりたし　〈改悪例〉

やはり臨場感が消えてしまう。「心から」と書いたからといって、それだけでリアルな感触が生まれるわけではない。「、今」の付け足しによって、「心から」が信じられるのだ。

三越のライオンに手を触れるひとりふたりさんにん、何の力だ

荻原裕幸

そう云えば、あれは、つい触ってしまう。作中の〈私〉は待ち合わせをしながら、人々の様子を見ているのだろう。「、何の力だ」が面白く、同時にちょっと怖い。指摘されなければ、そんな風には意識しなかったのに。触りたくなるのは「ライオン」だからなのか。ラクダだったらどうか。

容疑者にかぶされているブルゾンの色違いならたぶん、持ってる

鈴木美紀子

「、持ってる」にどきっとする。これによって、テレビ画面の向こう側とこちら側が瞬時に結びついてしまった。一歩間違えれば、あの「容疑者」は〈私〉だったかもしれない、と思いながら、また気づく。こういう場合の「容疑者にかぶされているブルゾン」は、本人のものじゃないんじゃないか。捕まえた警察関係者のものだろうか。しかも全く同じじゃなくて「色違い」。一歩間違えれば、〈私〉は一体なんだったんだろう。そして、「色違い」の「ブルゾン」を

着た〈私〉は、どこへ行くのか。

いつの日のいづれの群れにも常にゐし一羽の鳩よ　あなた、でしたか

光森裕樹

詩的な衝撃のポイントは「あなた」。でも、その後に「、でしたか」が来ることによって、何かが付け加えられる。きっぱりとした断言で終わらないことで、逆に「一羽の鳩」＝「あなた」という意外な発見における本気度が高まるのだ。

自分の手と手とを固く握りしめて、はつきりと自分の存在を知る、冬！

前田夕暮

昭和初期の口語自由律歌集『水源地帯』より。唐突な読点タイプの歌の源流を遡ると、この辺りに辿り着きそうだ。これ以前にも「鹿の角を十四五本もなげ入れし古びし箱を見いでけり、朝」（若山牧水）などの作例があるが、その

文体の自然さに比して、夕暮作品には唐突な読点を詩的に生かそうとする意識がより明確に窺える。

間違いのある歌　その1

いろいろなレベルの間違いを含んだ歌というものがある。新聞記事や事務連絡とは違って、間違いがいけないとは限らない。それが詩歌としてのポイントになっていることもある。全ての正しさは、この世界に完全に従属している。間違いだけが、もう一つの世界を生み出す契機になり得るのだ。

鎌倉や御仏《みほとけ》なれど釈迦牟尼は美男《びなん》におはす夏木立かな　与謝野晶子

晶子の代表歌の一つだが、有名な間違いが含まれている。詠われている「鎌倉」の大仏は実は阿弥陀如来像で「釈迦牟尼」ではないのだ。指摘を受けた作者自身の手によって「鎌倉や仏なれども大仏は美男におはす夏木立かな」と改作された色紙も残されているらしいが、内容的に妥当でも歌としての魅力は失われている。原作の「御仏なれど釈迦牟尼は」こそが、「夏木立」の季語に

「や」「かな」と俳句的な切れ字を重ねて、それでも読み手に違和を感じさせない流れを韻律的にも視覚的にも作り出している。この流れの中で大仏像を「美男」と呼ぶ不遜さ、率直さ、瑞々しさに晶子の面目躍如たるものがあり、今日の読者にも新鮮な衝撃を与える。決して誤らない神仏に対して人間の女の生命力をぎりぎりまで主張する一首は、誤り得る生の輝きを放っている。

鳩サブレは絶対くちびるから食べる。くちびるじゃなくってくちばしか

佐藤友美

「くちびるじゃなくってくちばしか」と気づいたのなら「鳩サブレは絶対くちばしから食べる」と書き直せばいい。しかし、作者はそうしなかった。間違いとそれに気づいたときの心の動き自体を敢えて作品にしている。それによって、単に「鳩サブレ」の歌という以上のニュアンスが生まれた。無意識の性的な何かを暗示しているようにも見えてくる。

『十二少年漂流記』という本をみつけられない客と店員

船山　登

正解は『十五少年漂流記』である。惜しい、けど、このままではどんなに頑張って検索をかけても目的の本は「みつけられない」だろう。三少年足りないからなあ。そう思いながら作中の〈私〉は「客と店員」を見ているのだが、奇妙なことにこれがそのまま神と人間の関係のように思えてくる。神は天上から我々の必死の行動を「惜しい、けど、このままではどんなに頑張っても……」と思いながら眺めているんじゃないか。

「おがあざんおどうざんといづまでもながよぐ」と祝辞を述べる夢の中

九螺ささら

「おがあざんおどうざんといづまでもながよぐ」は正しくは「おかあさんおとうさんといつまでもなかよく」。でも、それでは歌の凄みは消えてしまう。この奇妙な言葉のインパクト、そして生々しさはなんなんだろう。両親への祝福の言葉が濁っていることがひどく怖ろしい。にも拘わらず、そこに痛切な愛の響きを感じる。「夢の中」の〈私〉が、死んでしまった子供のように思えてくる。

たしかくんのぱっひょうとはもしかしてたかし君の発表のこと？

野原　栞

「たしかくんのぱっひょう」とは子供の言葉だろうか。そういえば私も幼い頃、ネズミをネミズだと思っていた。そして、パジャマをタマジャだと。サン・テジュグペリがサン・テグジュペリだと知ったのは高校生のときで、カトラリーとカラトリーのどちらが正しいのかは、今もよくわからない。カトラリー／カラトリーと口に出すときは、事前に携帯電話の検索で確認したりしている。でも、天井をネミズが走り回り、サン・テジュグペリの童話をタマジャを着て読み、教室で「たしかくん」が「ぱっひょう」する、そんな世界が我々の現実のすぐ隣にはあるんじゃないか。

お裾分けされた水ようかんが差し上げた水ようかんだと気づく猛暑日

鈴木美紀子

こんなこと、ありそうだ。「お裾分け」した人も、「差し上げた」人も、頭がぼーっとしている。あまりの暑さのために現実そのものが溶け出しそうな「猛暑日」。「水ようかん」の繰り返しがその感覚を強めている。

間違いのある歌　その2

あのね、アーサー昔東北で摘んだだろ鬼の脳《なづき》のやうな桑の実

岡井　隆

一見すると、間違いのある歌とは思えない。でも、この歌には誰にも見えない「間違い」が隠されている。それについて書くのは本来は反則かもしれないが、前に作者との対談でも話した件だから許して貰うことにしよう。実は、引用歌の「鬼」はもともと「兎」だった。ところが、私も参加していた或る互選歌会で、作者が書いたその文字が「鬼」と誤読されたのである。しかも好評を得た。その結果、「兎」が「鬼」に化けた歌はそのまま歌集に収録されることになった。確かに、「鬼の脳」には異様な迫力がある。一方、「兎の脳」は「桑の実」の見立てとしてユニークでありつつ、大きさと形状の類似から納得もしやすい。どちらがいいか、迷うところではないか。だが、作者は「偶然の添

削」を受け入れたのだ。その態度に、経験や主観や言語感覚よりも自らを覆す不測の事態を信じる詩人の魂を見た思いがした。数年後、「脳と胸書き間違えるおとこいて光らせたい私が神だったら」（北山あさひ）という歌をみたとき、私は反射的に岡井隆のことを連想した。あのとき、「『兎』と書いたつもりなんですが……」と呟きながら、どこか嬉しそうだった。そんな彼は間違いこそが新たな世界を生み出す契機であることを知る潜在的なアクシデント希求者なのだろう。

誤植あり。中野駅徒歩十二年。それでいいかもしれないけれど

大松達知

「それでいいかもしれないけれど」に、ちょっとした意外性とリアリティがある。この物件に決めるとなると、〈私〉の年齢にもよるけど、一生をかけても自宅から駅までせいぜい二往復か三往復ってところか。人生の殆どが旅になる。なるほど、それも悪くはなさそうだ。

実印をごみ箱に捨て実印の袋にティッシュ仕舞った右手

岡野大嗣

「実印」とそれを拭いた「ティッシュ」を無意識に取り違えてしまったのだろう。ぼんやりしているときに起こりがちな「間違い」だが、〈私〉ではなく「右手」が勝手にやったかのような書きぶりが面白い。この「右手」の動きによって、現実の世界が裏返るような感覚が生まれている。裏返しの世界では「実印」よりも使用済みの「ティッシュ」の方が大切なのだ。

間違って押してしまった階数にきちんと停まる誰も降りない　　礒部真実子

「きちんと停まる誰も降りない」は当然とも思える。それをわざわざ云うところに不思議な面白さがある。「間違って押してしまった階数」でエレベーターが停まったとき、目の前にぽっかりと開いていたのは、実はもう一つの人生の入口だったんじゃないか。ぼんやりと立っている〈私〉の横を擦り抜けて、もう一人の見えない〈私〉が降りていったのかもしれない。

間違って降りてしまった駅だから改札できみが待ってる気がする　鈴木美紀子

こちらも間違いがもう一つの世界を開くパターンの歌。「だから」で一瞬混乱する。でも、合っているのだ。正しい「駅」には「きみ」はいないのだから。偶然の間違いによって、パラレルなもう一つの人生に踏み込んだ感覚がときめきに繋がっている。我々は心の奥で、現に生きている「ここ」とは別の、ありえたはずの「どこか」で生きることを強く希っているのだろう。

同じ作者のもう一首。

薬局で「乳首ください!」と口走る　おしゃぶりのこと? 新米パパさん　鈴木美紀子

わかる。けど、衝撃的な間違いだ。焦っていたのだろう。この面白さの底には「乳首」のもつ役割の二重性がある。新婚の夫から「新米パパさん」への転換に伴って、妻の「乳首」の意味が激変したことに、男性の意識がついていけなかったことを思わせる。それは新米ママさんとの違いでもあろう。「乳首」の意味と共に、彼自身が所属する世界が突然切り替わったのだ。

「発音より声が変だよ」"Hello, Hello,"「声はふつうに出せばいいんだよ」
小島ゆかり

英会話を習っているのだろう。おそらくは〈私〉が"Hello"の方か。二人のやりとりを想像すると、ひどく可笑しい。「発音」が間違っているということはある。だが、「声」が間違っているということはありえない。ただ「変」なだけ。その捻れが何かを物語っているようだ。

慎ましい愛の歌　その1

昔の人は愛情の表現において慎ましいな、と思うことがある。これは随分と大雑把な感想で、与謝野晶子や吉井勇や若山牧水には現代の我々よりも遥かに情熱的な歌が沢山あるし、さらに遡った王朝和歌に至っては、そこから読み取れる愛と性の解放感は想像を絶している。にも拘わらず、例えば戦前生まれの人の歌に懐かしいような慎ましさを感じることがあるのも事実なのだ。そんなとき、私は不思議なときめきを覚える。現実の環境や規範としては羨ましくはない。慎ましかった時代に戻りたいわけではない。でも、その心のあり方に倒錯的な憧れをもってしまう。今回の引用歌の作者は、全員が明治と大正の生まれである。

春の夜のともしび消してねむるときひとりの名をば母に告げたり

土岐善麿

「ひとりの名」とは愛する女性のそれだろう。すなわち結婚したいと思っている女性の名でもある。「母に告げたり」から、その真摯さが伝わってくる。「春の夜のともしび消してねむるとき」まで、何度も云いかけては躊躇《ためら》い、闇の中でやっとぽつりと告げ得たのではないか。その背景がフローリングとベッドではあり得ない。畳と布団の世界の歌だ。

名《な》も知《し》らぬ小《こ》鳥来《とりきた》りて歌《うた》ふ時《とき》われもまだ見《み》ぬ人《ひと》の恋《こひ》しき　三ケ島葭子

「恋」という未知の世界への憧れが詠われている。具体的な誰彼ではなく「まだ見ぬ人」が恋しいという感情が初々しい。「名も知らぬ小鳥」の「歌」のような覚束なさと知りながら、抑えきれない思いが迸る。

やすやすと抱《いだ》くフランスの映画見て　妹《いもうと》とおそく帰り来にけり　柴生田稔

恋愛「映画」だろうか。「やすやすと抱く」に驚きが感じられる。羨ましいのか、呆れているのか、いずれにしても「フランス」と日本の違いを感じているのだろう。その「映画」も、恋人と一緒に見たわけではない。「妹と」に一層の慎ましさを感じる。かつて「フランス」や「映画」、さらに両者を合わせた「フランス映画」という言葉には、異文化への憧れを象徴するようなニュアンスがあった。今では日本人も随分「やすやすと抱く」ようになりましたよ、と教えてあげたくなる。

たちまちに君の姿を霧とざし或る楽章をわれは思ひき　近藤芳美

戦中の相聞歌。近藤芳美（男性である）の代表作として知られる。作中の「霧」は或いは「君」への思いの強さが見せた幻かもしれない。「霧」と「楽章」の組み合わせに、そう思わせるような感覚の増幅がある。云い換えると、全体にフランス映画的なロマンチシズムが漂っていて、それが魅力になっている。発表当時はさらに新鮮に見えただろう。

ただ一人の束縛を待つと書きしより雲の分布は日日に美し　三国玲子

婚約の歌だろうか。「束縛」という負の言葉が、愛の力によって鮮やかに反転する。その日から、〈私〉の目に世界が綺麗に見え始めたのだ。「雲の分布は日日に美し」の清新さは比類ない。「ただ一人の束縛を待つ」とは現在の作家にはなかなか書けないところだろう。

省線の音消え去りて夜のしじまもどりきしときくちづくるかな

岩田　正

くちづけの一場面に、しんとした美しさが宿っている。現代の恋人同士とは集中力がちがうんじゃないか。「省線」という言葉も懐かしく、「しじまもどりきしときくちづくるかな」の平仮名表記には「夜」に紛れんとする感覚が見られる。同じ作者の「この曲のここ美しと言ひしわれに眼を閉ぢしまま君はうなづく」に描かれた愛の姿には、さらに戦後の解放感も同居しているようで魅力的。

一度だけ本当の恋がありまして南天の実が知っております

山崎方代

作者の山崎方代（「方代」は「ほうだい」と読む。男性である）は破天荒な生き方で知られている。だが、その姉は働かない隻眼の弟の面倒をみつづけ、親戚でもない人々がルンペン同然の彼のために庭にプレハブ小屋を建ててやり、さらには何人もの女性たちがそこに訪ねてきて身の回りの世話をやいてやる。そんな伝説めいたエピソードの一方で、方代は生涯童貞だったという説があるらしい。引用歌のような作品を見ると、おかしな感想だが「本当の恋」は嘘でも童貞は事実かもしれないなと思う。「ありまして」「おります」という通俗すれすれの口調の中になんともいえない魅力がある。一人の人間が常識の枠や損得を超えて他者の心を魅了するためには、その魂に一筋の疑い得ない純粋さが必要になるのではないか。その光が感じ取れるからこそ、人は彼の滅茶苦茶さをも愛するのだろう。存在の核にあるものの真偽に対して、人間はとても敏感なものだと思うのだ。

慎ましい愛の歌　その2

一九八〇年代から短歌の世界に、それまでの文語とは異なる日常的な口語を用いた作品が目立ち始めた。作り手は二十代の若者たちで、その作風に対する拒否反応も強かったのだが、今振り返ってみると、口語短歌を巡る毀誉褒貶は単なる文体上の問題ではなかったことに気づく。俵万智、加藤治郎、穂村弘といった口語系の作者の作る歌の背後には、ほとんど無意識的な欲望の肯定があった。高度経済成長期に子供時代を過ごし、バブル期に青春を迎えたこの世代は、感受性の中に欲望の肯定を織り込まれている。それに対して、戦争、貧困、学生運動、フェミニズムなどの体験をそれぞれに経た先行世代は、口語文体そのものというよりも、その背後にある衒《てら》いない欲望肯定の匂いに生理的な拒否感を抱いたのではないか。

幸か不幸か、やがてバブルは弾けて、そうした傾向は頭打ちになった。その後、より若い世代による欲望の抑制や断念を感じさせる口語作品も現れた。だが、戦前生まれの歌人に見られるような意識と感覚の慎ましさは当然ながら甦ることはない。だからこそ、今、かつての「慎ましい愛の歌」を見ると、ついつい立ち止まってしまう。愛の慎ましさに興奮を覚えるとは倒錯的だが、一方でその反応は、あまりにも急激な社会変化とそれに伴うメンタリティの変容を体験した我々日本人にとっての必然でもあるだろう。

今回の引用歌の作者は、昭和三年生まれの馬場あき子を除いて全員が大正の生まれである。

いくさ畢り月の夜にふと還り来し夫を思へばまぼろしのごとし　森岡貞香

戦地から復員してきた「夫」を思うとき、その姿が「まぼろし」のように感じられる。それは長かった「いくさ」や「月の夜」のせいばかりではない。作者は終戦の一九四五年末に帰国した夫を翌年二月に亡くすという体験をしている。再会の喜び。けれどもそれは束の間のものだったのだ。あの夜、「夫」は本当に還ってきたのだろうか。残酷な定めが一首における「夫」の「まぼろし」性を支えている。

秘密めき妻いふあはれ内職の手袋に血のしみつけしこと

田谷　鋭

近年では「内職」という言葉を耳にすることもなくなった。一家の経済を助けようとする「妻」の「秘密」に、夫である〈私〉もどうすることもできず、ただ心を寄せている。自らの出血よりも「手袋に血のしみつけしこと」を気にかける姿が「あはれ」なのだ。そうした「妻」への夫の思いが、一首を愛の歌にしている。

ベッドの上にひとときパラソルを拡げつつ癒ゆる日あれな唯一人の為め

河野愛子

結核で療養中の一首。「パラソル」は当時としてはハイカラな洋風の日傘のこと。同じ作者に「丈夫になる吾を願へる夫ありて今宵も細き注射器を煮る」が見られるが、「唯一人」とは、この「夫」のことだろう。「ベッドの上」で「パラソル」という不思議な光景には、元気になったらこれを差して一緒に歩きたい、という〈私〉の思いが込められている。

わが湯呑ためらはず手に取りのみし或る夜の君を今憎むなり　相良　宏

結核で夭折した作者の歌。「或る夜の君を今憎むなり」が切ない。間接的な口づけをためらわなかった「君」。あの夜のときめきが、どこまでも片思いに過ぎぬと知った今となっては、裏返しの憎しみに変わってしまった。「夜更ひそかに胸の氷をかへくれし看護婦の去る幼き靴音」「白壁を隔てて病めるをとめらの或る時は脈をとりあふ声す」などにも女性という遥かな存在への憧れが痛いほど感じられる。

ましろなる封筒に向ひ君が名を書かむとしスタンドの位置かへて書く　馬場あき子

「スタンドの位置かへて」の細かい具体性がいい。手元が暗かったのだろうか。「君の名」を「書く」という、ただそれだけの行為への集中力の高さを感じる。「ましろなる」にも、そのような思いの純度は反映されているようだ。シャツや下着やさまざまのモノが、ほとんど白に決まっていた時代があったが、「封筒」の白は貴重だったかもしれない。

灼きつくす口づけさへも目をあけてうけたる我をかなしみ給へ
中城ふみ子

一見大胆で情熱的に思えるが、その奥に張り詰めた悲しみが窺える。結句の「かなしみ給へ」という敬語表現が時代特有の魅力を感じさせる。これは直接的には「口づけ」の相手に対する言葉でありつつ、同時に運命の神に向けられているような趣がある。自らの全てを懸けた溢れるような命の感覚に胸を打たれる。

ハイテンションな歌　現代短歌編

現代詩や俳句に較べて短歌の表現は、その韻律の特性からか感情的陶酔的になりやすい。また青春歌相聞歌挽歌というカテゴリーの存在からもわかるように、若さや恋愛や死との親和性が高い。それらとの関わりの中で多くの名歌が生まれている。つまり、基本的にハイテンションなジャンルなのだ。

今回はハイテンションな歌のバリエーションを見てみよう。

さくらさくらいつまで待っても来ぬひとと
死んだひととはおなじさ桜！　　林あまり

ハイテンションの理由は、恋が破れたことにあるのだろう。「いつまで待っても来ぬひとと死んだひととはおなじさ」という思いを埋め尽くしそうな「さくら」「桜」の繰り返しが印象的だ。華やかに咲いて、けれども命短く散ってしまう花。それが自分自身の恋とオーバーラップされている。また「死んだひと」との組み合わせにおいて、棺の遺体を埋める花のイメージや「桜の樹の下には屍体が埋まつてゐる！」という梶井基次郎の有名な一節ともどこか響き合っているようだ。

いま死んでもいいと思える夜ありて異常に白き終電に乗る

錦見映理子

「いま死んでもいいと思える夜ありて」とは、〈私〉の身に一体何があったのだろう。「さくらさくら」の歌に較べて一首のリズムは沈んでいる。だが、その底に異様なテンションがあるようだ。文体が静かでどこか虚ろな分、こいつは本気だという感じが伝わってくる。最大の読み所は「異常に白き終電」だろう。確かに、「終電」の車内は深夜にしては明るいものだが、ここではそれ以上の非現実的な白さが感受されている。「いま死んでもいい」という思いを秘めた〈私〉の脳から、何か特殊な麻薬的物質が分泌されているんじゃないか。それが「終電」に異次元の白さを与えたのだ。

やはらかなあなたの舌を吸つてゐるもしかしてディープ・キスなのかしら　　西澤孝子

「もしかしてディープ・キスなのかしら」に意表を衝かれる。もしかしなくても「ディープ・キス」だろう、というのは平常時の意識による突っ込みで、作中の〈私〉はそのような認識が追いつかないほど夢中で「あなたの舌を吸つてゐる」のだ。「かしら」のイノセントな響きがおそろしい。

同じ作者に、こんな歌もある。

朧月ほしいままなるくちづけの邪魔をするのはわたしの髪のみ　　西澤孝子

「わたしの髪のみ」が現実的な細部の表現でありつつ、同時にナルシスティックなテンションの高さを感じさせる。性愛的な局面では誰もがハイテンションになって当然だが、その陶酔に身を任せて詠えるかどうかは作家の資質による。短歌というジャンルでは、生の現場において我に返らないことも才能の一つなのだ。与謝野晶子を筆頭に優れた歌人の多くは、読み手を驚かせ、ときには辟易させるほどの陶酔感を言葉に込めている。

抱かるるたび開かれてゆく感覚をバージニティーと呼ぶ星月夜

西澤孝子

あまりにも強すぎる陶酔感。しかし、唐突に挿入された「バージニティー」の外来語が恋愛の人事を超えたぎりぎりのポエジーを生み出している。陶酔の底で摑まれた〈私〉の感覚的な真実が「バージニティー」の辞書的な意味を覆してしまった。

君が肩に堅く出てゐる骨のこと君にしかなき骨と思へり

西澤孝子

常識的にはあり得ない。〈私〉だってそんなことは知っている。だが、「君にしかなき骨」の思い込みには「君」のかけがえの無さが込められている。先の「バージニティー」同様に、ここでは「肩に堅く出てゐる骨」に関する解剖学的な正しさが超越されている。テンションの高さが客観的な世界像を溶かしてしまうのだ。

畳のへりがみな起ち上がり讃美歌を高らかにうたふ窓きよき日よ　水原紫苑

一読して、異様な高揚感に圧倒される。ここまでに引用したどの歌よりも現実世界の理を覆す度合いが激しい。「畳のへり」が「みな起ち上がり」とは、いかなる状況だろう。壁のようにずずっと伸び上がったのか。しかも「讃美歌を高らかにうたふ」とは。「畳のへり」は和風に見えてクリスチャンなのか。また、この歌の特徴は、ハイテンションの理由が読み取れないところだ。失恋とか得恋とかキスとか青春とか死とか、そういう背景が全くわからない。強いて云えば狂気だろうか。結句の「窓きよき日よ」には、この世の因果関係を寄せ付けない危うい至福感が充ちている。

ハイテンションな歌　近代短歌編

前項でハイテンションな現代短歌について書いた。だが、時間を遡ると、その度合いはさらに凄くなる。近代の歌人たちのメンタリティは現代の我々とは明らかに違う。自意識のあり方というか大らかさというか使命感というか思い込みというか。今回は、近代短歌のハイテンションな歌を読んでみたい。

われ男の子意気の子名の子つるぎの子詩の子恋の子あゝもだえの子
与謝野鉄幹

『岩波現代短歌辞典』によると「一九〇一（明34）年、相前後して出た与謝野晶子の『みだれ髪』と対をなす鉄幹の詩歌集『紫』の巻頭歌である。この『男の子』は、御歌所《おうたどころ》派（旧派）の恋歌に対抗して鉄幹が唱えたいわゆる『丈夫ぶり』の『ますらを』としての男をさす。そういう男の恋愛宣言の歌である」とのこと。そもそも「恋愛宣言」って必要なのか、と現代の感覚ではつい思ってしまう。だが、当時はまだ作中主体としての「われ」や「恋」が自明のものでなかった。「われ」という存在を自ら定義してゆくリフレインの強さは、古い世界の引力圏を脱しようとする意識の表れでもあるのだろう。

鉄幹の門下にいた吉井勇にも、リフレインの印象的な歌がある。

夏はきぬ相模の海の南風《なんぷう》にわが瞳燃ゆわがこころ燃ゆ　　吉井　勇

「わが瞳燃ゆわがこころ燃ゆ」の真っ直ぐさに胸を打たれる。この大らかさは作者自身の個性であると同時に、明治という時代の感情表出の特性をも合わせて感じさせるものになっている。

同じ作者のリフレインの歌をもう一首。

君にちかふ阿蘇のけむりの絶ゆるとも万葉集の歌ほろぶとも　　吉井　勇

繰り返しの長いリズムにのせて、まず起こり得ないと思われる二つの出来事が挙げられている。作中の〈私〉は、それら以上の永遠性をもつものとして、「君」に対する不変の想いを誓っているのである。代表歌の一首ともみなされる歌だが、個人的には「阿蘇のけむりの絶ゆるとも万葉集の歌ほろぶとも」が大らかをこえて大袈裟に思えて、もう一つ感情移入しきれない。

次に、若山牧水の接吻の歌三首。

山を見よ山に日は照る海を見よ海に日は照るいざ唇《くち》を君　若山牧水

ああ接吻《くちづけ》海そのままに日は行かず鳥翔《ま》ひながら死《う》せ果てよいま　同

接吻《くちづ》くるわれらがまへに涯《はて》もなう海ひらけたり神よいづこに　同

凄いとしか云いようがない。「接吻」によって、時間が止まり、永遠の「いま」の相が現れる。心身共に一体化した「われら」は、「山」「海」「日」という自然とも溶けあっているようだ。人妻との恋という背景を考えに入れても、この思い込みの強さは尋常ではない。

桜ばないのち一ぱいに咲くからに生命《いのち》をかけてわが眺めたり　岡本かの子

誰かがこう詠ってしまったら、二度と同じようには詠えない。勿論、どんな歌でもそうと云えるのだが、引用歌を見ると、その当然が改めて心に浮上する。和歌史上の大テーマである「桜」に対して、近代人としての〈私〉の言葉がど真ん中に投げ込まれている。それにしても、「生命をかけて」眺めるって具体的にはどうすればいいのだろう。

最後にハイテンションの女王与謝野晶子の歌を引用しようと思っていたのだが、なんとなく手が止まってしまった。代わりに晶子の盟友である山川登美子の、ここまでの引用歌から一転したローテンションな傑作を紹介したいと思う。

おつとせい氷に眠るさいはひを我も今知るおもしろきかな　山川登美子

この冷たさ、暗さ、静けさはどうだ。「おつとせい氷に眠るさいはひ」という感覚の新鮮さに惹かれる。また、恋においても歌においても晶子の陰に回らざるを得なかった作者の二十九歳で病没という運命を考え併せるとき、「我も今知る」は一層胸に迫り、「おもしろきかな」の痛切にして誇り高いニヒリズムに心を寄せたくなる。

殺意の歌

犯罪の歌について書こうと思って探し始めたら、殺しの歌だけでごろごろみつかった。実際に殺したというものではなくて、殺したいという歌だけど。みんな殺したがってるんだなあ。そこで今回は「殺意の歌」を読んでみたい。

どんよりと
くもれる空を見てゐしに
人を殺したくなりにけるかな

石川啄木

「酒を呑みたくなりにけるかな」とさほど変わらないような口調で「人を殺したくなりにけるかな」と述べている。リアルな「殺意」というよりは、漠然とした淋しさや焦りや不安に輪郭を与えた表現に見える。近代以降でもっとも多

くの共感を集めた歌人である啄木には、この種の歌がわりとある。殺意も普遍
感情の一種なのだ。

殺すくらゐ　何でもない
と思ひつゝ人ごみの中を
濶歩して行く
夢野久作

殺すぞ！
と云へばどうぞとほゝゑみぬ
其時フッと殺す気になりぬ
同

人の来て
世間話をする事が
何か腹立たしく殺し度くなりぬ
同

この夫人をくびり殺して
捕はれてみたし
と思ふ応接間かな
同

夢野久作はやたらと殺したがっている。『猟奇歌』と云いつつ、啄木の歌からさほど遠くないような、どこか素朴な詠い方に思える。その中でやばい感じがするのは四首目。「この夫人」「応接間」によって相手と場所が特定されているからだろう。ただ「捕はれてみたし」には自暴自棄なロマンの匂いがある。

人みなを殺してみたき我が心その心我に神を示せり
中原中也

殺意の歌も恋愛の歌などと同じように時代と共に徐々に複雑になってゆく。引用歌に見られるのは形而上的な殺意というべきか。しかし、「殺」と「神」を結びつける手つきには、まだ時代と作者自身の若さが感じられる。

佐野朋子のばかころしたろと思ひつつ教室へ行きしが佐野朋子をらず

小池　光

夢野久作の「夫人」「応接間」と同様に、「佐野朋子」「教室」と相手と場所が特定されている。しかし、この歌には危さがない。「佐野朋子をらず」という結句が前提になって詠われている印象があるからだ。そもそも「教室」では殺しにくいだろう。殺意そのものではなく、殺意が宙ぶらりんになる奇妙な感触が一首のポイントになっている。心理表現の屈折が高度で、やはりずっと時代が下ってからの歌という感じがする。

殺したいやつがいるのでしばらくは目標のある人生である

枡野浩一

「実現したい夢」や「欲しいもの」よりも「殺したいやつ」の方が、まだしも確かな「人生」の「目標」になり得るのだろう。殺意の背後には生の手応えの無さがある。「しばらくは」にニヒルな響きがある。殺意さえも見失われる世界。江戸時代の敵討ちなどとは全く違うのだ。

まっすぐに突けば誰かが殺せます　傘だったからよかったものの　　笹井宏之

ここにも殺意の不能性が織り込まれている。短歌における「誰か」や「人みな」への殺意は、悪意や憎悪ではなく〈私〉自身の悲しみや不安の表出に見えてしまう。「殺せます」なのに「傘だったからよかった」とは、殺したいのか殺したくないのか。その感覚的矛盾に時代のリアリティが宿った。作者は二〇〇九年に二十六歳で亡くなった。と書いて、偶然ながら今回引用した啄木や中也も夭折していることに気づいた。

ドアに鍵強くさしこむこの深さ人ならば死に至るふかさか　　光森裕樹

さっきは「傘」でこっちは「鍵」。殺意というより、実存の確認めいた感触がある。「まっすぐに突けば誰かが殺せます」の大らかさに比して、「人ならば死に至るふかさか」と確かめるような呟きにひんやりした怖さがある。

解説

東　直子

初めて顕微鏡をのぞいたとき、とても驚いた。そして、とても感動した。確か友達が子ども向けの科学雑誌の付録かなにかで持っていたのだと思う。花びらや、剝けた唇の皮などをガラスの板に貼り付け、上から極《ご》く薄い透明な板をのせてのぞくと、光を複雑に放つ、きらきらした世界がそこにあった。それぞれの法則を伴う模様の美しさ。肉眼では見えない世界が、あんなものやこんなものに隠されていたのかと思うと、しずかに興奮した。顕微鏡で見えるように薄いガラス板にはさまれた状態を「プレパラート」と呼ぶが、その言葉の響きも楽しさを助長した。光が通るように薄くしたプレパラートという状態で、いろいろなものを見比べるのは、実に楽しい体験だった。今、目に見えていないだけで、きれいな何かがその中に潜んでいると思うと、それだけでわくわくした。

面白い短歌を読んだときに生じるえもいわれぬ感動は、顕微鏡をのぞいて生まれる、あの感動に似ている気がする。プレパラートに整えられた組織の断片と、五七五七七の三十一音に整えられた言葉の断片。整え、光を当てることによって、初めて見えてくるもののおもしろさ、神秘、美しさ、おかしさ。世界の片隅の小さな輝きが、確かな感動につながる。

穂村弘は、短歌のおもしろさ、神秘、美しさ、おかしさを明文化し、今生きている世界の真実を、鮮やかに、クールに、実におもしろく言葉で伝え続けている。唯一無二の切り口で。

現代短歌の解説文には、入門書的なものから、専門的な評論集まで多々あるが、穂村の短歌評論は、マニアックな内容ながら論理的で、初めて短歌にふれるような人にも確かに伝わる不思議な魔力を持っている。

一般的な入門書では、「秀歌」と呼ばれるような格調の高い歌や、人口に膾炙《かいしゃ》した愛唱歌が引用されることが多い。しかし、この本では、そういった作品よりも、この世の不思議に改めて気付かせてくれるような、独自の観点がある作品である。例えばこんな歌。

スカートをはいて鰻を食べたいと施設の廊下に夢が貼られる　　安西洋子

この歌だけを見せられたら、見たままを書いただけではないか、と思う人がいるかもしれない。高齢者のための「施設」なのかな、というところまでは想像しやすいと思うが、穂村は「スカートをはいて」というところに着目し「そこには女性としてのぎりぎりの『夢』が描かれている。『スカート』と『鰻』という組み合わせの生々しさが痛切に胸をうつ」と感動のポイントとなる単語の組み合わせを指摘する。

普段、普通に自由に暮らしていると、スカートをはくという行為を特別なものとして考えない。しかしこの歌の作中主体は、施設で過ごすときの衣服は決められていて、スカートははいていないということが推測される。そして、施設の食事に高級な鰻が供されることはないのだろう。女性としてのアイデンティティーを託した「スカート」と、ご馳走を代表して選ばれた「鰻」がセットで活躍する、望みの象徴。穂村は、この歌の上の句を「お洒落してレストランに行きたいと」と改作を試み、「全く平凡になってしまう」と説明している。同感である。気持ちの方向性としては同じだが、そこに込められた切実さの迫力がまるで違う。説明されることによって初めて言葉のチョイスの見事さに気付かされる。技巧的にも内容的にも地味だが、この世の片隅で余生を送っている一人の女性が、ささやかながら切実な祈りを込めた言葉として、普遍性を帯びてくる。

この歌のように、ともすれば通りすぎてしまう、記憶に残らないような現実の一コマを言葉でくっきりと繋《つな》ぎ止めた歌には、読後に世界の見え方が少し違って見えてくるだろう。

帰り来てしづくのごとく光りゐしゼムクリップを畳に拾ふ　大西民子

事務員の愛のすべてが零れだすゼムクリップを拾おうとして　雪舟えま

海視てもきみを想わず一握のゼムクリップにきみを想えり　大滝和子

「ゼムクリップの歌」の項目で引用されている三首。それぞれゼムクリップという小さな文房具のイメージを新しくする、新鮮な歌である。「小さい、くっつきやすい、どこかに消えやすい、誰のものでもなさそう、などの特徴が短歌向きなのだ」という記述に、改めてはっとする。常にどこかにいってしまいそうなゼムクリップという存在は、いつのまにか失ってしまいがちなあやうい心のありようを象徴するものでもあるのだと気付く。ゼムクリップに着目することで、固定概念がはびこる社会の息苦しさに、一点の風穴が開いていく心地よさを痛感する。こういったことを発見し、作品化し、論理として提示することで、穂村弘は、現代短歌の新しい地平を見出し続けている。

ここで本作の内容を少し離れ、穂村自身の作品について言及しておきたい。

「芸をしない熊にもあげる」と手の甲に静かにのせられた角砂糖　　穂村　弘

これは、穂村の第一歌集『シンジケート』に収載されている一首。女の子が男の子に角砂糖をあげている、というシチュエーション。何らかの芸の褒美として動物に角砂糖を与える慣習を下敷きにしている。てのひらではなく、「手の甲」に置いているところに詩情を感じる。人は通常、手の甲に物を置かれることに慣れていない。繊細な指の動きを封じられ、身動きが取れなくなる。二人の間の信頼感を見越して置かれたのだろう。慈しみと残酷さを同時に感じつつ、二人の関係からなんともいえない甘美な感覚が立ち上る。

体温計くわえて窓に額つけ「ゆひら」とさわぐ雪のことかよ

呼吸する色の不思議を見ていたら「火よ」と貴方は教えてくれる

「殺虫剤ばんばん浴びて死んだから魂の引き取り手がないの」

一、二首めはさきほどと同じく『シンジケート』、三首めは『手紙魔まみ、夏の引越し（ウサギ連れ）』に収載。同様に、印象的なセリフをつぶやく女の子の存在感が光る。それぞれの魅力的な人物像と関係性に痺《しび》れる。この感じは、これまでの短歌、あるいは日本の文芸ではなかなか表現されることのなかった感覚だと思う。すぐそばにいる人の魂が宿った言葉を大切に掬い上げ、丁寧に磨き、共有するための器として短歌が選ばれた。小さな詩型だけに、心地よい韻律とともに、心の中にずっと収めて、ときどき必要に応じて奏で直すことができる。

ちなみに、私自身の歌も数首、引用されている。

永遠に忘れてしまう一日にレモン石鹸泡立てている

東　直子

この歌について「限りある命の『一日』の掛け替えのなさ」について言及されている。歌を作ったとき、そこまで考えてはいなかったので、読みによって歌の深度が増していくことの喜びを、舞台裏からも実感したのだった。

一首一首に対する解説の文量は簡潔なものが多く、正に「ノート」と呼ぶのにふさわしい体裁だが、それ故に、現代短歌を素材とする発想を、次々に新鮮なまま受け取れる喜びがある。「日付の歌」「美のメカニズム」「システムへの抵抗」「永遠の顔」など、興味深い項目が次々に並び、最後は「殺意の歌」で終わっているところもなんだか意味深である。

これらの評論が掲載されていた「群像」の連載「現代短歌ノート」は、連載継続中(二〇一八年五月現在)。最もフレッシュな現代短歌が新しいノートに刻まれ続けていることが、本当にうれしい。

本書は、「群像」２０１０年４月号〜２０１４年６月号（２０１０年12月、２０１３年６月、２０１４年２月〜４月号を除く）掲載の「現代短歌ノート」を改題し、２０１５年６月に刊行された『ぼくの短歌ノート』を文庫化しました。

|著者| 穂村 弘　1962年北海道生まれ。歌人。'90年歌集『シンジケート』でデビュー。その後、詩歌のみならず、評論、エッセイ、絵本、翻訳など幅広いジャンルで活躍中。2008年『短歌の友人』で第19回伊藤整文学賞、'17年『鳥肌が』第33回講談社エッセイ賞、'18年『水中翼船炎上中』で第23回若山牧水賞を受賞。著書に、歌集『手紙魔まみ、夏の引越し（ウサギ連れ）』『ラインマーカーズ』、エッセイ集『世界音痴』『にょっ記』『絶叫委員会』『整形前夜』『君がいない夜のごはん』など多数。

ぼくの短歌《たんか》ノート

穂村《ほむら》 弘《ひろし》

2018年6月14日第1刷発行
2024年9月10日第4刷発行

発行者――森田浩章
発行所――株式会社　講談社
東京都文京区音羽2-12-21　〒112-8001
電話　出版（03）5395-3510
　　　販売（03）5395-5817
　　　業務（03）5395-3615

Printed in Japan

講談社文庫
定価はカバーに
表示してあります

KODANSHA

デザイン―菊地信義
製版―――TOPPAN株式会社
印刷―――株式会社KPSプロダクツ
製本―――株式会社KPSプロダクツ

ISBN978-4-06-511833-7

講談社文庫刊行の辞

二十一世紀の到来を目睫に望みながら、われわれはいま、人類史上かつて例を見ない巨大な転換期をむかえようとしている。

世界も、日本も、激動の予兆に対する期待とおののきを内に蔵して、未知の時代に歩み入ろうとしている。このときにあたり、創業の人野間清治の「ナショナル・エデュケイター」への志を現代に甦らせようと意図して、われわれはここに古今の文芸作品はいうまでもなく、ひろく人文・社会・自然の諸科学から東西の名著を網羅する、新しい綜合文庫の発刊を決意した。

激動の転換期はまた断絶の時代である。われわれは戦後二十五年間の出版文化のありかたへの深い反省をこめて、この断絶の時代にあえて人間的な持続を求めようとする。いたずらに浮薄な商業主義のあだ花を追い求めることなく、長期にわたって良書に生命をあたえようとつとめるところにしか、今後の出版文化の真の繁栄はあり得ないと信じるからである。

同時にわれわれはこの綜合文庫の刊行を通じて、人文・社会・自然の諸科学が、結局人間の学にほかならないことを立証しようと願っている。かつて知識とは、「汝自身を知る」ことにつきていた。現代社会の瑣末な情報の氾濫のなかから、力強い知識の源泉を掘り起し、技術文明のただなかに、生きた人間の姿を復活させること。それこそわれわれの切なる希求である。

われわれは権威に盲従せず、俗流に媚びることなく、渾然一体となって日本の「草の根」をかたちづくる若く新しい世代の人々に、心をこめてこの新しい綜合文庫をおくり届けたい。それは知識の泉であるとともに感受性のふるさとであり、もっとも有機的に組織され、社会に開かれた万人のための大学をめざしている。大方の支援と協力を衷心より切望してやまない。

一九七一年七月

野間省一

講談社文庫　目録

森村誠一　悪　道
虫眼鏡　東海オンエアの動画が6.4倍楽しくなる本〈虫眼鏡の概要欄　クロニクル〉
森村誠一　悪道　西国謀反
森村誠一　悪道　御三家の刺客
森村誠一　悪道　五右衛門の復讐
森村誠一　悪道　最後の密命
森村誠一　ねこの証明
毛利恒之　月光の夏
森　博嗣　すべてがFになる〈THE PERFECT INSIDER〉
森　博嗣　冷たい密室と博士たち〈DOCTORS IN ISOLATED ROOM〉
森　博嗣　笑わない数学者〈MATHEMATICAL GOODBYE〉
森　博嗣　詩的私的ジャック〈JACK THE POETICAL PRIVATE〉
森　博嗣　封印再度〈WHO INSIDE〉
森　博嗣　幻惑の死と使途〈ILLUSION ACTS LIKE MAGIC〉
森　博嗣　夏のレプリカ〈REPLACEABLE SUMMER〉
森　博嗣　今はもうない〈SWITCH BACK〉
森　博嗣　数奇にして模型〈NUMERICAL MODELS〉
森　博嗣　有限と微小のパン〈THE PERFECT OUTSIDER〉
森　博嗣　黒猫の三角〈Delta in the Darkness〉

森　博嗣　人形式モナリザ〈Shape of Things Human〉
森　博嗣　月は幽咽のデバイス〈The Sound Walks When the Moon Talks〉
森　博嗣　夢・出逢い・魔性〈You May Die in My Show〉
森　博嗣　魔剣天翔〈Cockpit on knife Edge〉
森　博嗣　恋恋蓮歩の演習〈A Sea of Deceits〉
森　博嗣　六人の超音波科学者〈Six Supersonic Scientists〉
森　博嗣　捩れ屋敷の利鈍〈The Riddle in Torsional Nest〉
森　博嗣　朽ちる散る落ちる〈Rot off and Drop away〉
森　博嗣　赤緑黒白〈Red Green Black and White〉
森　博嗣　四季　春～冬
森　博嗣　φ《ファイ》は壊れたね〈PATH CONNECTED φ BROKE〉
森　博嗣　θ《シータ》は遊んでくれたよ〈ANOTHER PLAYMATE θ〉
森　博嗣　τ《タウ》になるまで待って〈PLEASE STAY UNTIL τ〉
森　博嗣　ε《イプシロン》に誓って〈SWEARING ON SOLEMN ε〉
森　博嗣　λ《ラムダ》に歯がない〈λ HAS NO TEETH〉
森　博嗣　η《イータ》なのに夢のよう〈DREAMILY IN SPITE OF η〉
森　博嗣　目薬α《アルファ》で殺菌します〈DISINFECTANT α FOR THE EYES〉
森　博嗣　ジグβ《ベータ》は神ですか〈JIG β KNOWS HEAVEN〉
森　博嗣　キウイγ《ガンマ》は時計仕掛け〈KIWI γ IN CLOCKWORK〉

森　博嗣　χ《カイ》の悲劇〈THE TRAGEDY OF χ〉
森　博嗣　ψ《プサイ》の悲劇〈THE TRAGEDY OF ψ〉
森　博嗣　イナイ×イナイ〈PEEKABOO〉
森　博嗣　キラレ×キラレ〈CUTTHROAT〉
森　博嗣　タカイ×タカイ〈CRUCIFIXION〉
森　博嗣　ムカシ×ムカシ〈REMINISCENCE〉
森　博嗣　サイタ×サイタ〈EXPLOSIVE〉
森　博嗣　ダマシ×ダマシ〈SWINDLER〉
森　博嗣　女王の百年密室〈GOD SAVE THE QUEEN〉
森　博嗣　迷宮百年の睡魔〈LABYRINTH IN ARM OF MORPHEUS〉
森　博嗣　赤目姫の潮解〈LADY SCARLET EYES AND HER DELIQUESCENCE〉
森　博嗣　馬鹿と嘘の弓〈Fool Lie Bow〉
森　博嗣　まどろみ消去〈MISSING UNDER THE MISTLETOE〉
森　博嗣　地球儀のスライス〈A SLICE OF TERRESTRIAL GLOBE〉
森　博嗣　レタス・フライ〈Lettuce Fry〉
森　博嗣　僕は秋子に借りがある I'm in Debt to Akiko〈森博嗣自選短編集〉
森　博嗣　どちらかが魔女 Which is the Witch?〈森博嗣シリーズ短編集〉
森　博嗣　喜嶋先生の静かな世界〈The Silent World of Dr.Kishima〉
森　博嗣　そして二人だけになった〈Until Death Do Us Part〉

講談社文庫　目録

講談社文庫　目録

古典

2024年6月14日現在